아래의 후에

이계의 흑제 8

글쓰는기계 장편소설

초판 1쇄 찍은 날 | 2017년 9월 7일
초판 1쇄 펴낸 날 | 2017년 9월 14일

지은이 | 글쓰는기계
펴낸이 | 예경원

기획 | 위시북스
편집책임 | 이규재
편집 | 이즈플러스

펴낸곳 | 예원북스
등록번호 | 제396-2012-000132호
등록일자 | 2012. 7. 25
KFN | 제1-142호

주소 | 경기도 고양시 일산동구 호수로 646-24 위너스21 II 빌딩 206A호 (우)10401
전화 | 031-819-9431 팩스 | 031-817-9432
E-mail | yewonbooks@naver.com

ⓒ글쓰는기계, 2017

ISBN 979-11-6098-434-7 04810
     979-11-6098-087-5 (set)

WISHBOOKS MODERN FANTASY STORY

글쓰는기계 장편소설

어제의 후예

8

Wish
Books

CONTENTS

49장
드라고니아 지하(2)

"그런데…… 제가 도움이 됩니까? 군인 출신은 구하기 쉬울 텐데…….."

"숨기는 건 좋지만 내 팀에 와서까지 숨기지는 말자고."

"예?"

"초능력자인 거 다 안다."

"……!"

곽현태는 오늘 몇 번을 놀라는 것인지 알 수 없었다. 지금 눈앞에 있는 마법사가 마치 전지전능한 신같이 느껴졌다.

'대체 뭐 하는 놈이기에?'

능수능란하게 자신을 숨겨오면서 잘 살아왔다고 생각했는데 그런 그를 완전히 파악하고 있는 사람이 나타난 것이다.

"투명화를 공개하지 않은 건 잘한 선택이야. 군 내에서 공개해 봤자 좋을 게 없었을 테니까."

"하, 하하……."

속마음을 들킨 곽현태는 어설프게 웃었다. 초능력자인 걸 숨긴 데엔 이유가 있었다. 투명화 때문이었다. 투명화는 알다시피 전투력이 거의 없는 초능력이었고, 몬스터 상대로는 후각이나 청각 때문에 효과가 크게 갈렸다.

그가 초능력자인 게 알려졌으면 필연적으로 정찰 임무에 투입될 가능성이 높은데, 본인은 전투력이 낮으니 죽기 딱 좋았다.

"걱정 마라. 아직까지 우리 팀에서 죽은 대원은 하나도 없으니까. 널 희생양으로 삼거나 하는 일은 없을 거다."

"속마음을 읽는 아티팩트라도 갖고 계십니까?"

"그럴지도 모르지."

수현이 밖으로 나오자 국장이 기다렸다는 듯이 말했다.

"대화는 끝나셨습니까?"

"예, 덕분에요."

'생각보다 대단한 놈이었군…….'

곽현태는 그렇게 생각하며 행동을 조심했다. 국장이 수현을 대하는 태도를 보면, 수현은 결코 그의 밑이 아니었다.

수현이 곽현태에게 손짓했다.

"......?"

"이거 받아."

"뭡니까?"

"현금 칩이다. 이걸로 횡령한 거 깔끔하게 마무리해. 괜히 뒷말 나오게 하지 말고."

"제가 얼마나 횡령했는지 아십니까?"

"넌 내가 얼마나 부자인지 아직 모르는군. 남은 액수는 용돈이다. 그거 액수 확인하고, 일 다 정리되면 연락하도록. 하나 장담하지. 날 만난 걸 행운이라고 여기게 될 거야."

수현은 그렇게 말하고서 국장과 떠나 버렸다. 주위를 두리번거리던 곽현태는 바로 칩을 확인하기 위해 움직였다.

"뭐 얼마나 넣어줬는데...... 헉!"

다리가 풀린 곽현태는 뒤로 넘어졌다.

"문서연 소위는 그렇다 치더라도 저 중사는 잘 이해가 가지 않네요."

"저래 보여도 쓸 만한 사람입니다. 도움이 될 거고요. 문서연 소위는 지금 어디 있습니까?"

"연락을 해봤는데, 작전 때문에 지금은 기지에 없다더군요. 에우터프에 있다고 합니다."

"이런."

"군 내 초능력자는 바쁠 수밖에 없죠. 게다가 문서연 소위는 손꼽히는 초능력자니…… 일단 요청은 했습니다. 도착하는 대로 찾아올 겁니다."

"몇 달은 걸릴 테니 이번 일에는 빼놓고 해야겠군요."

"예? 이번 일?"

"아, 말씀드리는 걸 잊었는데, 드라고니아 분지로 갈 생각입니다."

"……??"

국장은 그가 잘못 들은 줄 알았다. 처음에는.

그러나 수현의 표정은 변함이 없었고, 그는 다시 한번 되물었다.

"어디로요?"

"드라고니아 분지, 정확히는 지하입니다."

"절대 안 됩니다!"

"괜찮아요, 괜찮아. 다 생각하고 준비해서 가는 거니까."

"드래곤 슬레이어 프로젝트도 그랬습니다!"

"그건 제가 끼었던 프로젝트가 아닌데."

국장은 당장에라도 수현의 다리를 잡을 것처럼 굴었다. 그가 질색하는 것도 이해가 갔다. 드래곤 슬레이어 프로젝트로 그렇게 피를 봤는데, 이번에 국내 유일의 마법사가 거기 갔다가 죽기라도 한다면…….

"그런데 저 사람은 누굽니까?"

"아니, 왜 화제를…….'

수현을 막으려던 국장은 투덜거리면서도 일단 질문에 대답하기 위해 고개를 들었다.

"AD 개발 쪽 사람이네요."

"AD 개발? 거긴…….'

"네, 흑곰을 만든 곳이죠."

둘이 걸어오자 남자는 국장을 알아봤는지 살갑게 인사했다.

"어휴. 오래간만입니다, 국장님. 이분은?"

"반갑습니다. 김수현입니다."

"잠깐, 김수현이라면 그…….'

"예, 맞습니다."

국장이 긍정하자 남자는 펄쩍 뛰며 손을 붙잡고 흔들었다.

"아이고, 이거 영광입니다! 이렇게 뵙게 되다니!"

"이건 뭡니까?"

수현은 알면서 모르는 척 뒤에 있는 흑곰을 가리켰다. 남자는 웃으면서 말했다.

"이번에 저희 쪽에서 새로 개발한 흑곰 파워 아머입니다.

민간에서 쓰이는 판터 파워 아머보다 당연히 뛰어나고, 미군에서 사용하는 오딘 파워 아머와 맞먹는 성능을 가지고 있습니다. 최고 속도는……."

성능을 주절주절 나열하는 남자의 모습에서는 전문가의 분위기가 강하게 났다. 국장은 감탄하는 표정으로 고개를 끄덕였지만 수현은 어이가 없을 뿐이었다.

'이런 개새끼들이.'

"실은 여기 김수현 팀장님께서도 파워 아머 조종에는 일가견이 있으시죠."

"그러십니까?! 혹시 저희 회사와 광고 찍으실 생각 있으시면 여기로 연락 주시죠. 이름 높은 김수현 팀장님께서 타고 다니는 파워 아머라고 한다면 용병들은 타고 싶어서 줄을 설 겁니다."

"군용이잖아요?"

"하하, 다운그레이드판으로 민간 시장도 겨냥하고 있으니까요."

'다운그레이드판은 무슨……."

"한번 타봐도 되겠습니까?"

"예?"

남자는 수현의 질문에 당황한 표정을 지었다. 마법사나 되는 양반이 왜 파워 아머에 직접 타려고 한단 말인가.

대체로 초능력자들은 파워 아머를 타지 않았다. 파워 아머

파일럿 출신으로 각성하는 희귀한 경우를 제외한다면. 그래서 안심하고 있었는데…….

"잠, 잠시만요."

남자는 빠르게 뒤로 다가가 물었다.

"야, 저쪽에서 탄다는데 여기 있는 건 괜찮은 거지? 괜히 문제 생기면 곤란해."

"예? 누가 타는데요?"

"마법사, 이 새끼야. 마법사!"

"마법사가 파워 아머를 몰 줄 안다고요? 면허나 있대요?"

조용히 대화를 엿듣던 수현은 어깨를 움찔거렸다.

"몰라, 조종할 줄은 아나 봐. 잘은 못하겠지. 복잡한 곡예 동작을 하지는 않을 테니까 기본적인 운행에서만 문제없으면 돼."

"이거 다 세팅 맞춰놨으니까 괜찮을 겁니다."

"진짜 괜찮은 거지? 마법사가 탔는데 문제 생기면 너랑 나랑 같이 곤란해지는 거다."

"괜찮아요. 공중에서 스플릿 기동을 할 것도 아니고, 요요 기동을 할 것도 아니고……. 초짜라면서요. 좌우로 움직이고 상승, 하강만 하면 문제 안 생겨요. 이건 엔진도 시범용으로 갈아 끼운 거라서 엔진 문제도 없을 겁니다."

"좋아. 괜찮다 이거지?"

남자는 다시 나와서 손뼉을 쳤다.

"괜찮다는군요. 조심해서 타주세요. 파워 아머야 망가져도 괜찮지만 마법사인 김수현 씨는 다치기라도 하면 국가의 손해 아닙니까?"

"파워 아머에 문제가 없으면 다칠 일이야 있겠습니까."

수현은 말과 함께 흑곰 파워 아머의 콕핏으로 올라갔다. 이소희가 몰던 초기용 버전과는 다른 느낌을 주는, 그가 예전에 몰았던 느낌 그대로의 버전이었다.

"천천히 발진을…… 뭐, 뭐 하시는?!"

남자가 말을 하기도 전에 수현은 급발진으로 뛰쳐나가 버렸다. 활주로에서 두 번 도약을 하고 부스터를 켠 다음 허공으로 뛰어올라가 버리자 남자의 얼굴은 사색이 됐다.

"김수현 팀장님, 무리하지 마세요! 무리하실 필요 없잖습니까!"

국장은 순수하게 수현을 걱정해서 그렇게 말했지만 수현은 무시하고 허공에서 움직였다. 남자가 급하게 달려가서 부하의 멱살을 잡았다.

"저거 어쩔 거야!?"

"제, 제 잘못 아닙니다! 파워 아머 잘 못 몬다고 했잖아요!"

"내가 언제 그랬어! 이런 미친……. 저거 고급 기동하면 어떻게 되는데?"

"어, 재수 없으면 공중에서……."

수현이 타고 있는 파워 아머가 빠르게 상승하더니 급격하게 방향을 틀었다. 뒤에 있는 몬스터를 앞으로 보내면서 다시 뒤를 잡는, 파워 아머 파일럿이라면 필수적으로 익혀야 하는 기동. 그러나 그 솜씨는 차원이 달랐다. 다른 파일럿이 봤다면 감탄사를 늘어놨을 것이다.

"멈추는데……."

뚝–

"어?"

국장은 갑자기 파워 아머가 허공에서 멈추자 의아하다는 표정으로 고개를 갸웃거렸다.

"저, 저거 추락한다!"

고공은 아니었지만 추락해서 사람이 다치기에는 충분한 높이였다. 콕핏 안은 보호가 되고 있다지만, 그 안에 있는 사람은 보통 사람이 아니지 않은가.

"저거 왜 저럽니까?!"

"그, 그게……."

콰직!

수현은 일부러 전원을 살리지 않고 그대로 추락했다. 어차피 이 정도 충격은 염동력으로 흡수가 가능했다. 그는 콕핏을 열고 열 받은 표정으로 걸어 나왔다.

"이게 뭡니까?"

"그게……. 조종 문제로 정지가 된 게 아닐……."

"뭐요? 조종 문제? 제가 잘못 몰았다 이겁니까?"

"아, 아닙니다. 그런 뜻이 아니라, 파워 아머마다 특성이 있는데 다른 파워 아머를 몰다가 흑곰 파워 아머를 모셨을 경우, 그게 안 맞아서 저렇게 되는 경우가……."

옆에서 국장이 미친놈 보듯이 남자를 쳐다보았다. 그가 들어도 말 같지도 않은 변명이었던 것이다.

"오랜만에 몰았더니 조금 피곤한 것 같기도 하고……."

모든 일 처리를 끝내고 돌아온 수현은 다시 한번 드라고니아 분지 지하의 자료를 살펴보았다.

'골렘은 뚫을 수 있겠지.'

일반적인 초능력에 대해 내성이 있는 놈을 상대하기 위해 익힌 게 융합이었다. 다른 초능력을 겹쳐서 사용하는 공격. 트윈헤드 오우거를 상대할 때 통한 걸 봤으니 골렘에게도 들어갈 것이다.

'골렘이 직접적으로 공격하지 않는 걸 보니, 여기 유적지는 그렇게까지 위험한 곳은 아니야. 만약 침입자를 완전히 막으려고 했다면 골렘이 무조건적으로 공격을 했겠지. 가만히 있다가 사람이 다가오면 공격하는 건…… 통과하는 조건이 따로 있을 가능성이 높다.'

피난처로 만들어졌다면 더더욱 가능성이 높았다. 조건이 맞는 사람은 지나치게 하고, 아닌 사람은 막는 골렘. 놀라운 기술력이었지만 수현은 충분히 가능하다고 생각했다. 이종족들은 가끔 인간도 놀랄 만한 기술력을 보여주곤 했으니까.

'조건 찾는 건 솔직히 무리겠지. 그냥 뚫고 가야 한다는 건데……'

일단 드래곤에 대한 걱정은 그만두고 순수하게 지하만 놓고 봤을 때 걱정되는 건 골렘을 쓰러뜨린 뒤였다. 저 정도 되는 골렘을 만들어서 문지기로 쓰는 곳이라면 그 이후도 만만하지 않을 것 같았기 때문이었다. 게다가 이곳은 수현이 가본 적 없는 곳이었다.

밖에서 시끄러운 소리가 들렸다. 창밖으로 시선을 돌리니 곽현태가 다른 대원들과 떠들고 있었다. 군인 출신이라 그런지 같은 주제로 빠르게 융화되는 모습이었다.

'그럴 거라고 생각했지.'

투명화는 쓸 만하기는 했지만, 수현이 탐내는 능력은 아니었다. 곽현태를 데리고 온 건 그의 머리 때문이었다. 그는 수현이 감탄할 정도로 냉정하게 상황을 판단하곤 했던 것이다.

"거기, 그만 떠들고. 올라오도록."

"예."

"이거 읽어보고 주의해야 할 점을 분석해 봐."

"예??"

"왜. 자신 없나?"

"저는 이 팀에 온 지 일주일도 안 됐는데……."

"네가 얼마 받았지?"

"최선을 다해서 열심히 하겠습니다."

곽현태는 바로 각을 잡고 앉아서 자료를 파기 시작했다. 앞에서 쳐다보는 수현의 눈길이 그렇게 부담스러울 수밖에 없었다.

'설마 도움 안 된다고 다시 돈을 토해내라고 하지는 않겠지?'

"돈 토해내라고는 안 할 테니 어깨에 힘 빼라."

"!!!!!!"

곽현태는 고개를 들고 경악한 표정으로 수현을 쳐다보았다.

"역시 독심술……?"

"그럴지도 모르고. 나 쳐다보지 말고 자료나 봐."

꽤나 시간이 지나고, 곽현태는 다 봤다는 듯이 고개를 끄덕였다.

"어떻게 생각하나?"

"영상에 나온 초능력자들은 같이 가는 겁니까?"

"그렇지."

"와, 어디서 저런 초능력자들을……."

"내 초능력을 보면 기절하겠군."

"일단 쓰러뜨리는 방법은 잘 모르겠습니다."

"시작이 좋군. 더 이야기해 봐."

"쓰러뜨리는 건 제가 어떻게 고민해서 될 게 아닌 것 같고……. 일단 쓰러뜨리지 않고 지나가는 방법을 찾아야 할 것 같은데요. 굳이 쓰러뜨려야 할 필요가 있습니까? 문제만 생길 확률이 높은 것 같습니다."

"쓰러뜨리지 않고 지나간다고?"

"여기가 피난처라면 뭔가 통과 조건 비슷한 게 있을 겁니다. 그걸 찾아낸다면 들키지 않고 통과할 수 있겠죠. 만약 찾아내지 못한다면 다른 방법을 쓰는 겁니다. 한 명이 시선을 끌고 그사이 빠져나가는 방식으로."

이클립스와 찰스 회장은 기본적으로 이 지하 유적지를 탐색하면서 방해되는 건 모두 제거해 두고 싶어 했다. 이후 탐색이 끝나면 통로로 사용하기 위해서였다.

그리고 실제로 그들은 그럴 만한 전력이 됐다. 그들만 한 팀이 불가능하다면 다른 팀은 더 불가능했으니까.

그러나 그런 힘과는 거리가 먼 곽현태는 최대한 싸움을 피하려 들었다. 그의 성격이 드러나는 방식이었다.

"어떻습니까?"

면접을 보는 신입 사원 같은 태도로 곽현태는 조심스럽게 수현을 쳐다보았다.

"쉽게 빠져나갈 수 있을지는 모르겠지만 나름 신선한 방법이군. 참고해 두지. 그런데 이 계획을 후원하고 있는 사람이 여기서 뭘 원하고 있는지 아나?"

"잘 모르겠습니다?"

"여기 밑에 있는 장애물들을 모두 치우고 시설을 쓸 수 있도록 만들고 싶어 해."

"그렇더라도 그건 나중의 일로 해야 하지 않겠습니까? 탐험할 때 굳이 벌집을 건드릴 이유가⋯⋯."

곽현태는 전력과 상관없이 안전한 방법을 주장했다. 그가 직접 탐사대에 낄 테니 당연한 일이었다.

"너무 소심한 감이 있긴 하군. 그 말도 틀린 건 아니지만⋯⋯ 현장에는 나 말고 다른 놈들도 있거든. 그리고 그놈들도 만만한 놈들은 아니고."

"하하. 제가 그분들 설득할 힘이 있는 것도 아니고, 그건 팀장님께서 하셔야."

"고맙다. 온 지 얼마나 됐다고 벌써 얼굴에 철판을 깔았군. 나가봐."

"예!"

'교란, 교란이라……'

혼자 남은 수현은 책상을 두드리며 생각에 잠겼다. 최대한 싸우지 않고 지나가자는 곽현태의 주장은 일리가 있었다. 알지도 못하는 유적지를 힘으로 뚫고 지나가는 건 위험했던 것이다.

통과할 수 있는 조건을 알아내거나, 골렘을 속일 수 있는 방법을 알아내거나. 전자가 가능했다면 다른 이들이 벌써 찾아냈을 것이다.

'종족? 아니, 그러면 다른 드워프가 왔을 때 비켜줬을 거고. 아마 특정 단어를 말하면 비켜주는 방식인가. 역시 찾는 건 무리야. 백사장에서 바늘 찾는 수준이고. 골렘을 막아야 하나……'

수현은 이런저런 준비를 해나갔다. 가능한 방법은 모두 시도해 볼 생각이었다. 최지은에게 연락해서 받은 아티팩트도 그중 하나였다.

'고맙다, 주원준.'

주원준은 죽어서 쏠쏠하게 도움이 되고 있었다. 인공 아티팩트처럼 거대한 형태가 아닌, 서예나의 도움을 받아 작게 축소된 진짜 아티팩트였다.

그러나 수현은 곧 향하게 될 지하에서 이런 노력이 모두 쓸모없게 될 거라고는 예상하지 못했다.

"요! 반가워! 친구!"

"기분 좋을 때는 다른 사람 같군."

"그게 무슨 소리야! 난 언제나 이렇다고!"

잭은 그때 난리를 쳤던 게 거짓말이라도 되는 것처럼 유쾌한 모습이었다. 뒤에는 이클립스의 팀원들이 둘러앉아서 조용히 휴식을 취하고 있었다. 한 명, 한 명이 특급 초능력자인 만큼 그들의 모습에서는 무시무시한 기세가 엿보였다.

그들은 조심스러운 시선으로 수현을 쳐다보았다. 호기심이 섞인, 그러나 무례하다는 취급을 받지 않을 정도로. 그 시선을 눈치챈 잭은 헛기침을 하며 작게 말했다.

"말하는 걸 잊었는데……."

"……?"

"내가 당한 건 비밀로 해줘. 알려지면 체면이 말이 아니라고."

"그 정도야 해줄 테니 걱정하지 말라고."

"역시 친구는 좋다니까!"

"손대지 말고. 그래서 입구는 어디지?"

"저기. 저기서부터 아래로 들어가는 거야."

"군대라도 온 줄 알았네. 이렇게 모아 봤자 좋을 거 없지 않나?"

수현의 말은 과장이 아니었다. 실제 이 자리에 모인 인원의 숫자는 적지 않았으니까. 아무리 드라고니아 분지와 어느 정도 거리가 있다지만, 이렇게 규모를 키워서 움직이면 불안할 수밖에 없었다.

"걱정 마, 걱정 마. 이미 확인이 끝났다고. 드래곤은 여기까지 안 와."

"인간의 잣대로 몬스터를 판단하지 말자고."

"이거 한 방 먹었는데. 그래도 괜찮을 거야. 오면 지하로 도망치자고."

"우리를 싫어하는 골렘이 있는 곳으로? 정말 창의적이군."

회장이 말했던 게 슬슬 이해가 갔다. 이클립스의 대부분은 겁을 잃어버린 놈들이라는 말이.

초능력은 훈련으로 인해 강해지는 것보다 선천적으로 타고나는 경우가 많았고, 그렇게 선천적으로 강한 초능력을 가진 이들은 보통 다른 가치관을 갖고 있었다. 겁이 없는 것도 납득은 됐다.

수현은 지하로 내려가는 통로를 만들기 위해 사용된 건설 장비들과 그 주변에 있는 로봇들, 그리고 불안한 기색으로 망을 서는 용병들을 둘러보았다. 일단 위장을 하고 있었지만 그들도 나름 겁이 나는 모양이었다.

'하긴, 드래곤이 나와서 날려 버리면 위장이고 뭐고 없으니까…….'

"그러면 내려가 볼까?"

"그러자고."

굳이 팀원들을 소개하고 어떻게 싸울지에 대한 이야기는 하지 않았다. 잭도, 수현도 서로를 알고 있었기 때문이었다.

'김수현 말고 다른 팀원들은 다 우리보다 한 수 밑일 텐데 굳이 도움받을 필요 있나. 김수현하고만 이야기하면 되는데.'

'어차피 이번 일 하는 데 이야기는 필요 없겠지.'

임시 엘리베이터를 타고 지하 깊숙이 내려오는 동안 수현은 대략적인 계획을 말했다. 잭은 이해가 가지 않는다는 듯이 되물었다.

"싸우지 않고 피한다고?"

"그래."

"그러면 나중에 올 사람들은?"

"그건 나중에 생각하고. 나는 일단 유적지 안을 돌며 뭐가 있는지 확인한 다음 유물만 갖고 나오면 그만이야."

"이, 이, 패기 없는 놈!"

"회장한테 직접 따지시지."

"피하는 건 어떻게 할 생각인데!"

"몇 가지 생각해 봤는데. 하나씩 해보려고."

수현의 말에 잭은 불만스러운 표정이었지만 고개를 끄덕였다. 일단 그가 다 실패한 이상 수현에게 기대할 수밖에 없었던 것이다.

통로는 어둡지 않았다. 골렘이 나오기 전까지 이들이 벌써 조명 설치까지 끝낸 것이다. 저 멀리서 골렘을 발견한 수현은 발걸음을 멈췄다.

"좋아. 시작해 볼까."

"뭐부터 할 생각이지?"

"일단 놈이 어떻게 반응하는지 직접 보려고."

"조심해. 네가 저런 공격에 맞지는 않겠지만, 저놈, 생각보다 날래다고."

"알고 있어."

수현은 시간 가속을 준비하며 앞으로 걸어갔다. 뒤에 있는 이클립스의 초능력자들은 장님이 아니었다. 수현이 시간 가속을 쓴다면 그 초능력이 얼마나 대단한 것인지 알아챌 것이다.

'시간 가속은 눈치 못 채겠지만, 국보급 헤이스트 계열 아티팩트라고 생각은 하겠지. 어쩔 수 없나.'

정체를 파악하지 못한 적한테 힘을 아껴가면서 싸울 수는 없었다. 수현은 골렘을 노려보며 천천히 다가갔다. 놈이 날 뛰는 순간 돌아설 생각이었다.

"……?"

"???"

"뭐야?"

수현이 골렘 앞에 섰다. 그러나 놈은 미동도 하지 않았다. 원래라면 이 정도 거리에 들어섰으면 골렘이 반응해야 했다.

"조심해! 함정일 수도 있어!"

잭의 외침에 엉클 조 컴퍼니 팀원들이 중얼거렸다.

"그걸 팀장님이 모를 리가 있나."

"아니……. 이건 좀 이상한데."

수현은 앞으로 계속 걸어갔다. 그러나 골렘은 끝까지 반응하지 않았다. 어느새 그는 골렘을 지나쳐 버렸다.

"??????"

"고장 났나?"

멍청한 소리였지만 누군가의 입에서 그런 소리가 나왔다. 수현은 뒤를 돌아서 일행들을 돌아보았다.

"뭐야?! 어떻게 한 거지?"

잭이 당황해서 물어봤지만 더 당황스러운 건 수현이었다. 그의 경험에서 나온 온갖 방법을 갖고 왔는데, 정작 골렘은 그를 무시하는 것처럼 가만히 있었다.

"잘된 거 아닙니까? 어떻게 된 건지는 모르겠지만……. 이번에는 제가 한번 갔다 와보겠습니다."

"필립, 잠깐……."

쿵! 쿵쿵!

필립이 다가가자마자 골렘은 미친 듯이 주먹을 휘둘러 댔다. 필립은 욕설과 함께 최대한 빠르게 빠져나왔다.

"빌어먹을!"

이로써 확실해졌다. 골렘은 고장 난 게 아니었다. 수현만 건드리지 않은 것일 뿐.

"뭐죠? 왜 김수현 팀장만?"

"나도 궁금하다."

부하의 질문에 잭은 혼란스럽다는 듯이 대답했다. 저 멀리서 수현이 생각에 잠겨 있는 게 보였다.

"어떻게 한 거지?"

"나도 모르겠군. 이건 예상한 적 없는데."

다른 이들은 막아서는데 수현만 막지 않는다는 건 한 가지 이유밖에 없었다. 그가 통과할 수 있는 조건을 갖고 있는 것이었다.

'마법사? 마법사이기 때문에?'

잭이 그런 생각을 하고 있는 동안 수현은 더 넓은 범위로 고민하고 있었다.

'내가 다른 놈들과 구분되는 조건이 마법사, 마도서, 시간 조종……. 젠장, 너무 많아서 특정할 수가 없어.'

대체 어떤 이유로 골렘이 그를 건드리지 않은 건지 알 수가 없었다. 수현은 고민을 끝내고 입을 열었다.

"일단 난 따로 움직이겠다."

"뭐?"

"여기서 고민해 봤자 답이 나오는 것도 아니고, 골렘을 파괴하는 것보다는 혼자 움직이면서 안의 구조를 파악하는 게 낫겠지."

"으음……."

잭은 뭐라고 대답해야 할지 모르겠다는 표정을 지었다. 혼자 보내는 것에 대한 걱정, 같이 들어가서 탐험해 보고 싶은 욕망, 여러 가지 감정이 섞여서 대답을 망설이게 했다.

그러나 수현은 대답을 기다리지 않고 움직이기 시작했다. 간단한 기록 장비와 식량만을 챙기고 그는 어둠 속으로 걸어 들어갔다.

"이, 이봐! 친구! 대답은 듣고 가야지!"

대답은 돌아오지 않았다. 뒤에서 쏟아지는 부하들의 시선이 아프게 느껴졌다.

"엄청 친해졌다고 하지 않으셨어요?"

"대장 말이면 껌뻑 죽는다고 했지 않나?

"그…… 게, 저놈이 좀 멋대로 움직이거든. 돌아오면 뭐라고 좀 해야겠네!"

잭을 따라갔던 하워드는 대충 둘이 어떤 관계인지 감을 잡은 상태였다. 그는 고개를 절레절레 저었다. 잭을 엄청나게 존경했기에 더욱 안쓰러웠다.

가는 통로마다 골렘이 있었다.

"대체 이건 뭐로 만든 거지?"

지루해진 수현은 다가가서 골렘의 몸통을 살펴보기 시작했다. 얼마 지나지 않아 수현의 눈동자가 크게 떠졌다.

"알타라늄을 통째로……?"

돈 지랄도 이 정도면 예술이었다. 수현은 그가 농담 삼아서 추측했던 게 사실이라는 것에 경악했다. 대체 이 정도의 양을 어떻게 구한 건지 알 수 없었다.

'그러면 여기에 있는 골렘들은 모두?'

수현의 머릿속에서 계산기가 켜졌다. 알타라늄은 단순히 특수한 성질을 갖고 있는 금속이 아니었다. 주원준의 초능력과 결합시킨다면 강력한 군대를 만들 수 있는 물자였다.

'회장하고 딜을 해서……. 좋아, 회장은 유물만 가져다주

면 괜찮을 테니, 이클립스와 나눠 가지면 되겠군.'

이대로 가면 이번 탐사는 수현이 거의 다 한 것이나 마찬가지였다. 골렘이 그를 건드리지 않는 이유는 알 수 없었지만, 공로는 확실했다.

"여기는 통로고, 이어지는 여기는…… 집인가? 거주 구역?"

하나하나 기록에 남기는 건 그리 어려운 일이 아니었지만, 수현은 먼저 확인하고 기록에 남기려고 했다. 이종족들의 유적지는 언제나 뭐가 나올지 몰랐다. 그는 좋은 게 나온다면 빼돌릴 생각이었다.

'별거 없군. 대부분 가구고.'

인기척 하나 없었다. 아주 예전에 사람들이 떠났다는 건 수현도 알 수 있었다. 괜찮은 마을이었다. 지하 깊숙한 곳에 있다는 것을 제외한다면.

'드래곤을 피해서 여기로, 저 골렘은 그러면 드래곤 때문에 설치한 건가. 저 골렘으로 드래곤을 상대할 수 있나?'

확실히 저 골렘의 위력은 뛰어났다. 알타라늄을 통째로 써서 만들었다면 어지간한 전력은 그대로 밀어붙일 수 있었다. 그러나 그럼에도 불구하고 드래곤을 이길 수 있다고는 생각되지 않았다.

"거주 구역은 확인 끝. 중앙으로 이동하겠다."

기록 장치에 남도록 말을 한 후 수현은 다시 발걸음을 옮겼다.

"아……."

마을 중앙에는 빛이 쏟아져 들어오고 있었다. 아마 광장이라고 봐도 좋을 곳이었다. 어딘가에서 만든 인공적인 빛이 아니었다. 천장에 난 구멍을 통해 자연광이 강하게 내리쬐고 있었던 것이다.

그리고 그 빛 한가운데에 두루마리가 있었다. 그걸 본 순간, 수현의 심장이 두근거리기 시작했다.

본능적으로 알 수 있었다. 저건 시간과 관련된 물건이었다. 논리적으로 설명할 수는 없었지만, 저걸 사용하면 시간이 앞으로 빠르게 흘러갈 것이라는 걸 느낄 수 있었다.

수현은 기록 장치를 껐다. 그리고 다가갔다. 언제나 갖고 다니던 비약을 꺼내서 그 두루마리 위에 놓았다. 그리고 아티팩트를 다루는 감각으로 두루마리를 작동시켰다.

빛과 함께 두루마리는 빠르게 삭아버렸다. 비약의 시간이 엄청나게 빠르게 흘러가고 있다는 게 느껴졌다.

일이 끝나고 나서야 수현은 정신을 차렸다.

'잠깐, 이게 설마 회장이 말한 영생 뭐시기는 아니겠지?'

시간을 돌려주는 게 아니라 빠르게 당겨주는 것이니 영생과는 거리가 멀었다. 수현은 그렇게 생각하며 남은 잔해를 빠르게 치웠다. 어차피 보는 사람은 없었다.

일을 저지르고 나니 주변이 눈에 들어왔다. 피난처로 만들어진 지하 마을치고는 특이한 곳이었다. 위에서부터 빛이 들어올 정도로 넓고 긴 수직 통로가 있었다. 그 밑으로는 시간을 다루는 일회용 아티팩트가 있었는데 이걸 여기에 둔 옛 드워프들의 마음을 이해할 수가 없었다.

"음?"

두루마리를 올려놓은 칸 밑에 문자가 새겨져 있었다. 수현은 그 문자를 기록했다. 무슨 내용인지는 돌아가면 알 수 있으리라.

마음 같아서는 비약을 당장 마시고 싶었지만, 무슨 일이 일어날지 모르고 수현을 도와줄 동료가 없는 상황에서 마시는 건 미친 짓이었다.

'어차피 돌아가면 시간이 나겠지.'

수현은 그렇게 생각하며 천천히 주변을 확인했다. 지금 그가 만든 데이터가 귀중한 참고 자료가 될 것이다.

두루마리가 있던 곳이 특이하기는 했지만 수현은 얼마 지나지 않아 신경을 껐다. 더 중요한 게 많았던 것이다.

이 지하의 통로 구성과 출구 확인이 먼저였다.

곳곳에 서 있는 골렘을 제외하고서는 아무도 없었다. 유령 도시를 돌아다니는 것 같은 으스스함이었다. 그러나 수현은 질리지도 않고 꾸준히 움직이며 지도를 작성했다.

"너무 오래 걸리는 거 아닙니까? 원래라면 한 번 돌아와서 확인을 해야 할 텐데요."

"기다려 보자고. 나도 다른 놈이면 걱정을 했을 텐데, 김수현은 차원이 다른 놈이다. 이런 곳에서 죽을 놈이 아니야. 자기 목숨 하나는 확실히 간수할 수 있을 거야."

"그렇지만……."

"저기 팀원들 얼굴을 보라고."

잭의 말에 하워드는 시선을 돌렸다. 엉클 조 컴퍼니 팀원들은 아무도 걱정하지 않고 있었다. 비정하게 느껴질 정도였다.

'저 인간들은 걱정도 안 되나? 팀장 혼자서 들어갔는데.'

"우리보다 저쪽이 더 정확할 거야. 저렇게 믿어주니 기다려야지."

"믿어주니 고맙군."

"……!"

통로 끝에서 어둠을 헤치고 수현이 나타났다. 며칠 사이에 얼굴이 꽤나 까칠해져 있었다.

"괜찮나?"

"문제없어. 안에 적은 하나도 없더군. 있는 건 골렘뿐이었어."

수현의 말에 잭의 얼굴이 환해졌다가 다시 어두워졌다. 적이 없다는 건 좋은 신호였지만, 생각해 보니 저 골렘들은 수현에게만 반응하지 않았던 것이다.

수현이 돌아다니는 동안 그들도 실험을 해봤다. 혹시 몰라 사람을 바꿔가면서까지. 그러나 골렘은 조금도 타협하지 않고 미친 듯이 덤벼왔다.

"출구는 찾았고, 안의 지도도 대략적으로 완성시켰다."

"뭐? 그런 건 아랫사람을 시켜도 될 텐데."

"지금 이 골렘을 보고서 그런 소리가 나오나?"

"아차, 그렇군."

저런 식의 일은 원래 뛰어난 초능력자가 할 일이 아니었다. 그러나 지금 상황은 예외였다. 잭은 혀를 차며 고개를 끄덕였다.

"지도 좀 봐도 되나?"

"그러라고. 난 물어볼 게 있어서."

잭과 다른 대원들이 영상 지도를 보며 웅성거리는 동안, 수현은 내려와 있는 드워프를 불렀다. 문헌 해석을 통해 이 밑의 유적지를 발견한 드워프로, 그들을 돕기 위해 현장에 와 있었다.

"이게 뭐라고 쓰여 있는 거지? 난 드워프 쪽 언어는 젬병이라서."

"어디 한번 보겠습니다. 아, 이건⋯⋯."

드워프는 떠듬떠듬 해석해 나가기 시작했다.

"우리는 영생하는 용을 쓰러뜨리는 방법을 발견했다. 그를 위해서 무기를 남긴다. 아무리 강한 용이라도 시간 앞에서는 무력한 법. 우리는 이걸 다루지 못하지만 다룰 수 있는 사람이 나타난다면 용을 쓰러뜨릴 수 있을 것이다. 잠깐, 설마 이게 그 영생⋯⋯?"

말하던 드워프는 당황해서 수현을 쳐다보았다. 회장이 바라는 영생은 그가 오래 사는 것이었다. 그런데 이건 드래곤의 영생을 끊는 무기 아닌가.

거액을 투자한 투자자를 실망시키게 될지도 모른다는 사실에 드워프는 당황했지만, 그보다 더 당황한 건 수현이었다.

'이런 미친, 실수했다⋯⋯!'

드워프의 해석이 사실이라면 저 두루마리는 용을 죽일 수 있을지도 모르는 무기였다. 드워프는 단순히 저게 드래곤을 쓰러뜨리는 방식이라고만 해석하고 있었지만, 시간을 다룰 수 있는 수현은 무슨 뜻인지 바로 이해했다.

용을 상대로 시간을 앞당겨라.

수현은 옛 농담을 떠올렸다. 코끼리를 바늘로 죽이는 방법. 바늘을 찌른 다음 코끼리가 늙어 죽을 때까지 기다리면 된다는 썰렁한 농담이었지만 따지고 보면 나름 말은 됐다.

옛 드워프들이 어떤 방법을 썼는지는 알 수 없었지만, 그들은 시간을 미친 듯이 앞당길 수 있는 무기를 만든 게 분명했다. 그러나 그들은 이걸 다룰 수 없었다. 수현처럼 시간을 다룰 수 있는 사람이 없었던 것이다.

그리고 수현이 나타났다. 저걸 다룰 수 있는 적합자.

문제는 수현이 저걸 용이 아닌, 비약에 써버렸다는 점이었다.

'이런 개 같은……..'

어디에 티를 낼 수도 없고, 수현은 오랜만에 스스로를 자책했다. 어쩌면 유일하게 용을 상대할 수 있을지도 모르는 방법을 그냥 날려 버린 것 아닌가.

"저기, 괜찮으십니까?"

"아, 괜찮아. 생각지도 못한 거라서 조금 놀랐군."

"저도 놀랐습니다. 회장님이 아시면 많이 실망하실 텐데……."

"걱정 마. 원래 그 자리에는 아무것도 없었거든. 설사 정말 영생을 주는 물건이 있었다고 치더라도 우리가 손에 넣지는 못했을 거야. 내가 회장한테는 잘 말해두지."

수현과 찰스 회장의 친분은 아는 사람들한테는 유명하다. 수현이 그렇게 말해주자 드워프는 감격한 듯이 고개를 끄덕였다.

'아, 젠장. 찰스 회장 때문에 들키지 않으려고 너무 성급했

어. 빌어먹을.'

드래곤 공포증을 조금 덜어줄지도 모르는 물건을 날려 버렸으니, 수현의 표정은 좋지 않았다.

"괜찮으십니까? 역시 혼자 돌아다닌 것 때문에?"

"아니, 그런 거 아니니까 걱정하지 마라. 잭! 지도는 다 봤나?"

수현이 부르자 잭은 고개를 끄덕였다.

"좋아. 그러면 골렘을 하나씩 파괴해 보자고."

"괜찮나?"

"만약의 경우를 대비해서 빠져나갈 준비는 다 되어 있으니까……. 일단 해보자고."

수현은 골렘에게 다가갔다. 골렘은 무방비하게 서 있었다.

'아마 가슴팍이겠지.'

골렘 같은 병기는 약점이 명확했다. 구동시키기 위해서는 아티팩트 같은 핵이 필요했던 것이다. 몸통을 알타라늄이 감싸고 있다지만 그것까지 없을 수는 없었다.

"……!"

이클립스 팀의 사람들이 입을 벌렸다. 번쩍이는 섬광과 함께 골렘이 쓰러진 것이다. 가슴팍을 관통하고 지나간 공격이 대체 뭔지 알 수 없었다.

"뭐야? 어떻게 한 거야?"

"모를 리가 없을 텐데. 초능력이잖아."

"아니, 그건 당연히 아는데! 우리 초능력과 당신 초능력이 뭐가 달라서?"

"설마 진심으로 묻는 건 아니겠지."

수현은 뻔뻔하게 나가기로 결심했다. 굳이 초능력 결합의 메커니즘을 설명해서 밑천을 보여줄 필요는 없으니까.

"같은 초능력이라도 사용자에 따라서 위력이 갈린다는 건 잘 알고 있을 텐데?"

"다, 단지 그거 때문에?"

이클립스의 초능력자들은 수현의 말을 바로 받아들이지 못했다. 그건 그들의 자존심 때문이었다.

그들은 이제까지 살아오면서 초능력과 관련되어 열등감을 느낀 적이 없었다. 언제나 그들은 급이 다른 초능력자였고, 초능력이 부족하다고 느끼는 건 다른 이들의 역할이었다.

"뭔가 비결이나…… 약점 같은 건?"

"골렘 같은 놈은 핵을 파괴해야 하는 거 말고 없지 않나? 다른 약점도 있나?"

교과서적인 대답. 저 방어를 뚫고 들어갈 공격을 어떻게 해야 하는지 물어본 이들의 얼굴이 일그러졌다. 잭은 고개를 저으며 부하들의 어깨에 손을 올렸다.

"그만하자."

"예? 하지만……."

"그냥 우리들이 부족했던 거다. 받아들여라. 더 하면 추해져."

저렇게 나오니 수현도 살짝 미안해졌다.

'단순히 초능력의 화력이 약해서는 아닌데. 뭐, 어쩔 수 없나.'

"골렘을 쉽게 쓰러뜨릴 수 있어서 다행이기는 한데, 이렇게 되면 여기 있는 골렘을 쓰러뜨리는 건 친구 혼자서 해야 할 것 같군. 괜찮겠나?"

"그러려고 온 거지. 일을 하자고."

"죽겠다. 조금 쉬자."

"보충제라도 쓰는 건?"

"지금 나보고 쉬지 말고 계속 일해라 이건가?"

"그, 그런 게 아니라…… 초능력이 고갈되면 상태가 괴로우니까 한 소리야."

"됐어. 그 정도까지 쓰지는 않았으니까. 뭐가 급해서 그러나."

골렘을 하나씩 파괴하는 일은 지루한 과정이었다. 수현은 쓰러뜨린 골렘 위에 엉덩이를 붙이고 잠시 휴식을 취했다. 멀리서 곽현태가 두리번거리며 무언가를 찾는 동작을 보였다.

"뭐 하나? 잃어버린 거라도 있나?"

"아, 그런 건 없습니다. 다만 신기해서 말입니다."

"뭐가?"

"이 정도로 시설을 만들어 두고 사람들의 흔적은 싹 사라졌다는 게 신기하지 않습니까? 시체나, 하다못해 뼈라도 있어야 정상일 텐데. 사람도 없는 주제에 그런 것도 없으니 좀 이상하다 싶어서요."

"재밌는 발상이군. 그런데 그 생각은 어쩌다 떠올랐지?"

"예? 그냥 떠오른 건데요."

"네가 그럴 리가 없을 텐데."

"……사실 시체에 있는 부장품 때문에 떠올렸습니다."

이종족들의 무덤은 언제나 돈이 됐다. 시체와 같이 넣는 장신구 같은 건 그 자체도 귀금속인 데다가 이종족의 물건이라는 점에서 프리미엄이 붙는 것이다.

수현은 혀를 찼다.

"쯧쯧. 여기까지 와서 부수입이냐? 조금 더 배포를 크게 가지라고."

"저는 얼마 전까지 푼돈 받고 일하는 군인이었습니다. 갑자기 달라지라고 하셔도 무리입니다."

"시체 찾으면 말이나 해줘."

"예?! 팀장님께서는 저보다 돈도 많으시면서?!"

"돈은 많으면 많을수록 좋지. 그리고 네 수입 잘라가려는 게 아니다. 뭐 흥미 있는 사실이 있나 말해달란 거야. 이런 곳에서는 뭐가 나올지 모르는 법이니까."

"아, 알겠습니다."

수현이 돈을 가져가는 게 아니라는 걸 깨닫자 곽현태의 표정이 환해졌다.

골렘을 처리할 수 있는 게 수현밖에 없었기에 그들은 가장 효율적으로 움직였다. 일단은 다른 길을 제외하고 입구와 출구를 연결하는 최단 경로를 만든 것이다.

좁고 가파른 출구를 보며 잭은 고개를 저었다.

"저건 또 새로 지어야겠군. 밖은 확인해 봤나?"

"대충. 좌표만 보면 드라고니아 분지는 멀찍이 지났어."

드라고니아 분지를 위에 두고 아래로 관통해서 지나는 통로라는 목적은 달성한 셈이었다. 여러 문제가 있기는 했지만 일단 새로 개척에 성공했다는 점에서 잭은 고무적이었다.

"좋아. 통로만 만들면 일단락되겠군!"

"여기를 지나서 또다시 나아갈 생각인가?"

"물론이지. 언젠가 이 대륙의 끝까지 도달할 생각이라고."

잭은 자신감 있는 목소리로 선언했다. 그는 스스로의 갈

길에 대해서 조금도 흔들림이 없어 보였다.

"다크 엘프들 상대하면서 인슈린을 거치는 것보다는 훨씬
더 나은 길이지. 아, 그러고 보니 그 인슈린을 맡은 것도 친
구였군?"

대화를 하면서 둘은 다시 마을의 중앙으로 돌아왔다. 주로
잭이 떠들었고, 수현은 듣는 입장이었다. 잭은 앞으로 어떤
식으로 탐험을 할지 계획을 수십 가지 정도 늘어놓았다.

"……?"

"왜 그래?"

"원래는 여기에 빛이 들어왔었는데."

수현은 원래 두루마리가 있었던 곳을 가리켰다. 빛이 기둥
처럼 쏟아져 내리며 인상 깊은 모습을 보여주었기에 잊으려
고 해도 잊을 수가 없었다.

그러나 지금은 빛이 들어오지 않았다.

"위에서 빛이 안 닿는 거 아냐? 시간이 지나면 각도도 달
라진다고."

"아니, 지금 시간이면 안 닿을 리가……."

부드러운 소리가 위에서 들려왔다. 마치 비단끼리 서로 부
딪혀서 내는 소리 같았다. 너무 부드러워서 수현은 처음에는
환청을 들은 줄 알았다.

그리고 수직 통로에서 드래곤이 나타났다. 거대한 날개를

접고 내려온 놈은 넓은 공동에 서 날개를 거칠게 폈다. 강한 파공음과 함께 바람이 불었다.

"어……."

아무리 겁 없는 잭이라도 이런 상황에서는 태연할 수가 없었다. 그는 무의식적으로 주먹을 움켜쥐었다. 용감하게 적과 싸우기 위해서는 아니었다. 차라리 발악에 가까웠다.

상대도 안 될 적에게 완전히 주눅이 들어서 마치 발악하듯이 덤비는 것. 지금 잭이 하려는 게 그런 것에 가까웠다.

그러나 그 결심도 드래곤의 눈동자와 마주치자 사라졌다. 정신을 차리니, 잭은 스스로가 무릎을 꿇고 엎드려 있다는 걸 깨달았다. 위압되어 넘어진 것이다. 부끄럽다고 생각도 들지 않았다.

드는 생각은 단 하나.

'저건 사람이 쓰러뜨릴 수 있는 상대가 아니다.'

태풍을 보며 태풍과 싸우겠다고 덤비는 사람은 없었다. 드래곤도 마찬가지였다. 몽롱한 잭의 상태를 깨운 건 수현의 목소리였다. 그는 냉정하게 무선으로 명령하고 있었다.

"드래곤이 나타났다. 전원 입구로 후퇴해라."

"……?!"

다행히 다른 사람들은 통로 안쪽에 있었다. 드래곤이 마음먹는다면 순식간에 부서지겠지만, 도망칠 시간은 될 것이다.

이런 상황에 어울리지 않는다는 건 알고 있었지만, 잭은 정말로 궁금해졌다. 대체 수현은 어떻게 이 상황에서 냉정하게 움직일 수 있는 것인가? 그와 뭐가 다르기에?

그러나 잭의 생각은 틀렸다. 수현도 그렇게 냉정한 상태는 아니었다.

물론 잭처럼 얼어붙어서 패닉에 빠지지는 않았지만, 머릿속은 수없이 많은 생각이 오가고 있었다.

'여기까지인가?'

설마 이 상황에서 드래곤과 마주하게 되리라고는 생각지도 못했다.

'할 수 있는 건……'

시간 가속 이후 빈 통로로 달아나는 것. 그나마 가능성이 있는 건 그 정도였다. 그러나 가능할지는 의문이었다. 드래곤 정도라면 충분히 통로 전체를 무너뜨릴 힘이 있었다.

아예 먼 거리까지 순간이동 하는 게 아닌 이상 도망치는 건 불가능해 보였다.

드래곤은 그들을 빤히 쳐다볼 뿐, 먼저 움직이지 않았다. 이런 상황에서 먼저 움직이는 게 좋은 방법인지 알 수 없었다.

문득 한 가지 의문이 수현의 머릿속에서 떠올랐다.

'다시 시간을 돌릴 수 있을까?'

예전 수현은 절망적인 상황에서 각성해 시간을 되돌렸다.

그렇다면 지금도 가능성이 있었다. 이제까지 쌓았던 걸 다시 처음부터 해야 하겠지만, 그래도 모든 게 끝나는 것보단 낫지 않겠는가.

털썩—

옆에서 쓰러지는 소리가 들렸다. 잭이 의식을 잃고 앞으로 쓰러진 것이다. 드래곤을 봤다고 무릎이 풀려 넘어지기는 했지만, 그렇다고 해서 그가 쓰러질 사람은 아니었다. 수현은 드래곤이 잭에게 무언가 했다는 걸 깨달았다.

드래곤이 다가왔다. 놈은 세로로 찢어진 눈동자를 빛내며 수현에게 머리를 기울였다. 죽음이 앞까지 찾아온 상황에서도 수현은 눈을 감지 않았다.

"……!"

느껴진 건 축축함이었다. 놈이 혀를 내밀어 수현을 핥고 있었다.

"……?"

드래곤은 수현을 한 번 핥은 후, 턱으로 수현을 툭 쳤다. 그러고는 돌아섰다. 다시 날개를 접고 놈은 도약도 하지 않은 채 허공으로 솟구쳤다.

그게 드래곤의 마지막 모습이었다. 놈은 왔을 때처럼 부드러운 소리를 내며 통로 위로 사라져 버렸다.

"……."

현실감이 들지 않았다. 수현은 고개를 들어 놈이 사라진 곳을 쳐다보았다. 통신에서 혼란스러운 목소리들이 터져 나오고 있었다.

"놈이 사라졌습니다. 그냥…… 날아가 버렸어요."

"어디로요?"

"남쪽으로……. 날개를 펴고 날아오르기에 큰일 났다, 무슨 일이 있나 보구나 싶었는데, 내려가 버리더라고요."

밖에 있던 용병들은 지상에서 무슨 일이 일어났는지 보고 있었다. 드래곤은 원래 드라고니아 분지에서 움직이지 않는 놈이었다. 식사를 하는지 의문이 들 정도로.

그런 놈이 갑자기 일어나서 날아가 버린 것이다.

"놈이 아래까지 내려왔었다고요?!"

그 뒷말은 굳이 나오지 않았다.

'그런데 당신들은 어떻게 살아 있느냐?'

"그럼 우리가 헛소리라도 했겠냐?"

이클립스 대원 중 하나가 지친 목소리로 말했다. 드래곤과 직접 마주하지 않았는데도 지하에 있던 전원이 지치고 피곤한 모습이었다. 느낀 정신적 압박감이 장난이 아니었던 것이다.

"그, 그게 아니라⋯⋯."

"됐고, 연락해서 조치나 취해. 레이더는 작동시키고 있지?"

"예, 그런데 드래곤이 움직인다면 지금 당장 철수를 해야 하지 않겠습니까?"

날아가 버렸다지만 어떻게 된 건지는 알 수 없었다. 놈이 당장에라도 돌아온다면 그들은 전부 죽은 목숨이었으니까.

"그래, 그렇긴 하지. 그러면 철수를⋯⋯."

"아니, 조금 더 기다려 보자."

"⋯⋯!"

수현이 입을 열자 모두의 시선이 그쪽으로 향했다.

"정말입니까?"

드래곤을 마주하고도 잭을 데리고 살아나온 수현을 봤을 때, 이클립스 대원들의 표정은 표현하기 힘들 정도였다. 죽었다 살아난 사람을 봐도 그 정도는 아니었을 것이다.

그들의 리더인 잭도 악운에 강한 남자기는 했지만, 수현을 보니 그건 약과라는 걸 알 수 있었다. 드래곤과 마주하고도 멀쩡히 걸어 나오다니.

'대체 어떻게 살아나온 거지?'

궁금하기는 했지만 지금은 그런 걸 물을 때가 아니었다. 잭한테 물어보면 나중에 알 수 있으리라.

"놈이 돌아오지는 않을 거다. 돌아오더라도 여기를 공격하지는 않겠지."

"어떻게 그걸?"

"그런 느낌이 들었다."

"……"

수현이 아니라 다른 사람이 말했다면 대번에 욕이 나왔을 것이다. 드래곤을 상대하면서 드는 근거가 느낌이라니. 그러나 상대는 수현이었다.

'젠장, 저 사람이 말하니 이상하게 설득력이 있네.'

이클립스 팀원들은 수현의 말에 흔들리는 자신을 발견하고 고개를 흔들었다. 잭이 쓰러진 상황에서 이러면 안 됐다.

"아니, 그래도 이런 상황에서 버티고 있을 수는……."

"그렇긴 하군. 확실히 이런 상황에서 내 독단으로 결정하는 건 좀 아닌 것 같다. 돌아갈 사람은 돌아가도 좋다. 나는 여기 조금 더 남아 있을 테니까."

수현의 말에 사람들은 서로를 쳐다보았다. 밖에서 보초를 서고 기지의 직원들을 보호하기 위해 온 용병들은 어떻게 해야 할지 모르겠다는 표정을 지었다.

그들의 대장이라고 해봤자 괴물들이 모인 이 자리에서는 별다른 권한도 없었던 것이다.

"뭘 더 하려고?"

"여기서 돌아간다는 건 아마 다시는 여기로 오지 않는다는 거나 마찬가지지."

사라진 드래곤이 언제 돌아올지 몰라서 모든 걸 두고 철수한다면 앞으로도 다시 오는 건 요원했다. 드래곤이 언제 어떻게 나타날지 몰랐으니까.

"그렇게 된다면 한 고생이 전부 다 물거품이 될 테니 나는 남아서 마무리를 짓겠다. 최소한 어떻게 쓸 수 있을지는 확인을 해둬야지."

샤이나는 수현의 대답에 고개를 끄덕였다. 다른 대원들도 마찬가지로 수긍하는 모습을 보였다. 그걸 본 이클립스 팀원들은 기겁했다.

'미친 거 아냐?'

그들도 겁이 없다는 말을 많이 들어왔었지만, 지금 보니 그건 그들이 들을 소리가 아니었다. 다 같이 드래곤을 피해 전력으로 도망쳤던 게 채 몇 시간도 되지 않았는데, 엉클 조 컴퍼니 대원들은 벌써 다 잊어버린 것처럼 보였다.

"집어치워, 이 겁쟁이들아."

"……!"

뒤에서 잭이 비틀거리며 일어섰다.

"여기서 저 자식이 일 다 했는데, 너희는 명색이 일류 초능력자라는 놈들이 겁을 먹기만 하냐?"

"하지만, 보스⋯⋯."

'상대는 드래곤이잖습니까.'

"돌아갈 거면 돌아가! 난 여기 남을 거다!"

정신을 차리자 그 굴욕적이었던 상황이 떠올랐다. 드래곤을 상대로 아무것도 하지 못하고 쓰러진 굴욕.

"놈이 온다면 그것도 좋겠지!"

"헛소리하지 마라."

"⋯⋯어쨌든 난 여기에 남을 거다. 끝을 보자고!"

수현은 직원들을 보며 말했다.

"그쪽은 그냥 빠져나가도 좋아. 만약 회장이 문책을 하려고 한다면 내가 막아주지. 어차피 지금 당장 출구 쪽에 뭘 지어야 하는 것도 아니고⋯⋯. 무슨 일이 생기면 우리들만 있는 게 더 빠져나가기 좋을 테니까."

"저, 저희도 남겠습니다."

"⋯⋯?"

"마법사 정도 되는 분이 말하시는 거니 믿겠습니다."

"아니, 내가 느낌으로 말했다고 하지 않았나? 믿지 말라고."

"그 느낌을 믿습니다!"

"이런 빌어먹을⋯⋯. 그래, 어디 한번 해보자고. 놈이 나타나면 가장 먼저 도망치면 되겠지!"

도망치기 힘든 분위기가 되자 보초를 서고 있던 용병 팀장이 자포자기식으로 외쳤다. 수현은 피식 웃었다.

❧

"저기, 있잖나."

"뭐가 있어?"

"그게, 음, 그러니까, 아까 내가 드래곤을 만났을 때……."

"기절한 거?"

"젠장! 기절한 게 아니다!"

"그걸 말하지 말아달라고?"

속마음을 들킨 잭은 붉어진 얼굴로 고개를 끄덕였다. 이클립스의 부하들은 그가 초능력 고갈로 쓰러진 것이라고 생각했다. 그 정도 되는 사람이 드래곤을 만났다고 기절했다고는 상상하지 못한 것이다.

"놈이 생각보다 더 대단해서……."

"이해해. 그리고 너무 자책하지 말라고. 그 상황에서는 어떤 놈이라도 쓰러졌을 테니까."

잭은 입을 우물거렸다. '너는 멀쩡했지 않나'라고 말하고 싶었지만 수현이 배려해 준 이상 그런 말을 할 수는 없었다. 그도 자존심이 있었다.

"그런데 도대체 놈이 왜 물러난 거지?"

"안 믿을 것 같지만, 나도 몰라. 그냥 물러났어."

"……."

"그래, 마음대로 생각해라. 내가 드래곤한테 지금 당장 물러나지 않으면 널 죽이겠다고 협박했더니 놈이 겁을 먹고 도망쳤다. 됐나?"

"그건 좀 무리 같군."

수현은 골렘 앞에 섰다. 그런데 뭔가 느낌이 이상했다.

"……?"

"왜 그러지?"

"잠깐. 여기 서봐."

"뭐? 아니, 왜……."

잭은 굳이 골렘을 깨우려는 수현을 이해하지 못하겠다는 듯이 투덜거리며 앞에 섰다.

그러나 골렘은 잠잠했다.

"……??"

"뭐야?"

얼마 지나지 않아 새로운 사실이 밝혀졌다. 이 안에 있던 모든 골렘이 움직이지 않게 되어버린 것이다.

"대체 왜지?"

"일단 잘됐군. 전부 처리해 버리자고. 시간이 확 줄겠는데."

"그래서, 영생과 관련된 물건은 없었다고?"

"정확히는 영생하는 사람을 없애는 물건이겠죠. 그나마 그것도 없었고."

수현은 시치미를 떼고 말했다. 회장은 아쉽다는 듯이 입맛을 다셨다.

"그보다 드래곤을 만났는데 뭐 하실 말 없으십니까?"

"살아 있잖나? 살아 있으면 됐지."

"회장님 인성도 참 만만치 않으십니다."

"그렇게 말하지 말게. 나도 소식을 듣고 정말 놀랐거든."

"드래곤을 만났다는 것에? 드래곤을 만나고도 살아남았다는 것에?"

"둘 다. 대체 어떻게 살아남은 거지?"

"저도 그게 궁금합니다. 지금까지 이 이야기를 몇 번 하고 있는지 모르겠지만……."

수현은 '인류 최초의 마법사'라는 타이틀 말고도 '인류 최초로 드래곤을 정면에서 단독으로 마주하고 살아남은 사람'이라는 불명예스러운 타이틀을 받게 되었다.

비밀리에 관련자들이 찾아와서 어떻게 된 건지를 조심스럽게 물었고, 수현은 그때마다 똑같은 대답을 해야 했다.

"놈이 그냥 떠났습니다. 그뿐입니다."

"정말 신기하군."

회장은 얼굴을 찡그리며 잔에 든 음료를 마셨다. 수현은 그게 붉은돼지버섯으로 만들었다는 걸 금세 알아볼 수 있었다.

'저걸 아직도 먹나?'

"가끔 자네를 보면 이런 생각이 들어. 신에게 선택받은 사람이 있다면 자네 같지 않을까?"

"과대망상이 좀 심하십니다."

"그런가? 그렇게 크게 틀리지는 않은 것 같은데. 인류 최초로 마법사가 됐지. 그리고 드래곤을 만나고도 살아남았고. 이런 게 선택받은 증거가 아니라면 뭐겠나?"

"운이 좋았다는 증거겠죠."

"운이라……. 차라리 내 가설이 더 그럴듯한데."

수현은 생각에 잠겼다. 드래곤이 왜 떠난 건지는 아직도 알 수 없었다. 그가 공격할 가치도 없이 느껴졌든지, 아니면 그에게 무언가가 있어서 건드리지 않았든지……. 이유가 뭐였든 간에 지금 와서는 알 수 없는 일이었다.

그보다 더 신경 쓰이는 건 앞으로의 일이었다.

드래곤은 드라고니아 분지에서 사라졌고, 이후로도 돌아오지 않았다. 지금 그곳에 있는 사람들은 노심초사하며 레이

더러 놈을 기다리고 있었지만, 아직까지 돌아왔다는 소식은 들리지 않았다.

'그 골렘들, 설마 드래곤이 부리고 있던 거였나.'

수현은 그 지하 시설이 어떻게 된 건지 어렴풋이 짐작이 갔다. 원래는 드워프들이 피난처로 쓰고 있었지만, 무슨 이유 때문인지 그들은 사라지고 드래곤이 점령한 것이다.

그렇지 않다면 드래곤이 사라진 후 골렘이 일제히 작동을 멈춘 게 설명되지 않았다.

'모르겠군. 정말 모르겠어.'

"다른 가설을 생각해 봤네."

"뭡니까?"

"자네가 사실 용의 핏줄이었던 거지."

"……그냥 다른 가설 세우시지 그러십니까."

"아니, 전설을 보면 많이 나오지 않나. 용의 아들이나, 용의 먼 후손이라거나……."

"그게 왜 전설이겠습니까. 제 부모님을 멋대로 용으로 바꾸지 마시죠."

수현의 부모는 확실한 인간이었다. 그건 그 무엇보다도 확실했다.

"농담은 여기까지만 하고, 앞으로 그쪽 계획은 어떻습니까?"

"원래는 지하만 통로로 이용할 생각이었는데, 드래곤이 사라져 버려서 곤란해졌네. 그 분지…… 원래라면 신도시가 들어설 곳이었잖나."

"그곳에 도시를 건설할 놈이 있겠습니까?"

"찾아보면 있을지도 모르지. 거기서 살려는 사람이 얼마나 될지는 모르겠지만."

드래곤 공포증은 카메론에 있는 인류 모두가 갖고 있었다. 언제 드래곤이 돌아올지 모르는 곳에 자리를 잡고 살 사람은 없었다.

"아마 한동안은 그대로 내버려 두지 않을까 싶군. 언젠가 시간이 지나면 거기에 계획이 잡힐지도 모르지. 어쨌든 잘된 거 아닌가. 새롭게 길이 열리고, 더 남쪽으로 내려갈 수 있게 되었으니까."

"그렇죠. 드래곤이 돌아오지 않는다면 말입니다."

"그러고 보니 놈이 남쪽으로 날아갔다고 했었지? 몬스터들만 불쌍하게 됐군."

회장은 아무렇지도 않게 잔을 홀짝였다.

50장
전조(1)

강한 몬스터는 생태계를 파괴했다. 특히 드래곤은 몬스터의 먹이사슬 피라미드 정점에 서 있는 놈이었다. 한번 나타나면 그 주변의 몬스터는 전부 죽거나 도망쳐야 했다.

　"그러고 보니 너무 놀라운 일이 많아서 고생이 많았다고 말하는 것도 잊을 뻔했군. 고생 많았네."

　"저도 동감합니다."

　"드라고니아 지하는 이제 굳이 자네가 가지 않아도 되겠지. 아니, 오히려 사네가 사기 좀 그런 곳이 되었나?"

　"정부를 말하시는 거면 그다지 신경 쓰지 않습니다."

　"자네가 신경 쓰지 않는 건 상관없어. 한국 정부가 쓸 테니까. 어떤 수를 써서라도 말리려고 들걸? 어쨌든 상관없네.

이제 거기서 자네가 할 일은 없으니까. 나머지는 건설사와 B급 용병들만으로도 처리할 수 있네."

"벌써 사람들을 모으셨습니까?"

"돈의 위력은 생각보다 굉장하다네. 드래곤이 나올지도 모르는 곳에 사람을 들어갈 수 있게 해주거든."

보아하니 회장은 막대한 돈을 미끼로 거기에 들어갈 사람들을 모집한 모양이었다.

"한동안 쉬게나. 그게 서로에게 좋을 거야."

"가능하다면 그러도록 하겠습니다."

"아, 그 저번에 챙긴 비약 말이야…… 벌써 복용했나? 잭이 말하는 걸 들어보면 그런 것 같던데."

수현은 속으로 움찔했다. 너무 타이밍이 절묘했기 때문이었다. 순간 수현은 들킨 줄 알았다.

"예, 효과가 있더군요."

"잭이 그걸 알면 가슴을 치겠군. 결코 약한 놈은 아닌데, 자네 때문에 자신감을 잃을까 봐 걱정이야."

"그런 걱정은 안 하셔도 될 겁니다. 나름 심지가 굳은 사람이니."

수현은 자리에서 일어나서 고개를 숙였다. 작별 인사였다. 회장은 의자를 돌리고서는 손을 흔들었다.

"정, 정말 괜찮은 거겠지?"

"네가 불안해하면 대체 누굴 믿어야 하는데?"

"어…… 할머니한테 연락해서 불러올까? 몇 달 정도 걸릴 수 있겠지만…….”

"됐어. 설마 무슨 일 생기겠어.”

비약을 먹기로 결심한 수현은 바로 샤이나를 불렀다. 이런 일을 할 때 많은 사람은 필요 없었다. 상태를 봐주고 만약의 상황에 대비할 한 명이면 충분했다.

하지만 샤이나는 비약에 관해서는 확신이 없었기 때문에 수현이 그걸 복용한다고 하자 매우 불안해했다.

"그러면 마신다.”

"야, 야!”

수현은 더 이상 기다리지 않고 비약을 마셨다. 이것 때문에 드래곤을 상대할 수 있을지도 모르는 무기를 날려 버린 셈이었다. 그만큼의 가치를 해주지 않는다면 타산이 맞지 않았다.

"어때? 괜찮아? 어디 아프거나, 몸이 안 좋다거나…….”

"조…….”

"조?”

"조용히 좀 해."

"……응."

비약의 온도는 미지근했지만 마시는 순간 무언가 끓는 느낌이 안쪽에서 강하게 올라왔다. 강한 술을 한 번에 마신 것과 비슷한 느낌이었지만 훨씬 더 강렬하고 지속적이었다.

수현은 주먹을 움켜쥐었다. 활력이 끊임없이 치솟는 기분이 들었다.

콰직!

강력한 에너지가 바닥을 뚫고 들어갔다. 샤이나는 화들짝 놀라서 수현을 쳐다보았다.

"미안. 조절이 잘 안 된다."

"나한테 쏘는 건 아니지?"

"그럴지도 모르겠는데. 알아서 피해."

"야!"

가슴이 끓어오르는 느낌은 얼마 지나자 사라졌다. 마치 도핑을 한 것 같았다. 수현은 답답함을 몰아내기 위해 길게 숨을 내쉬었다.

'초능력은 확실히…… 강해진 것 같은데.'

수현은 염동력을 점 형태로 집중해 최대로 출력을 높였다. 보이지는 않았지만 그곳에 무언가가 있었다면 그대로 찢겨 나갔을 정도로 강한 힘이었다. 원래라면 이 정도로 힘을 썼을 때 체력에 소모가 왔어야 했다. 그러나 전혀 무리가 가지 않았다.

'그릇 자체가 커졌다.'

초능력의 사용량과 썼을 때의 회복 능력. 이 모두가 전과는 비교할 수 없을 정도로 커진 상태였다. 계속 써도 차오를 것 같은 충만함.

그러나…….

'시간 능력은 변화가 없는데?'

가장 필요로 여기고 고민하고 있던 시간 계열 능력에는 변화가 느껴지지 않았다. 이제까지의 능력과 별 차이가 없었다.

'젠장, 대체 뭐야?'

수현도 이쯤 되니 답답해졌다. 다른 초능력과 달리 시간 계열 능력은 도저히 감을 잡을 수가 없었다. 다른 능력자가 있는 것도 아니니 보고서 참고할 수 있는 것도 아니고…….

"괜찮은 거 맞아?"

"괜찮아. 이제 진정됐다."

자세한 수치는 최시은의 연구소로 가서 측정해 보면 알 수 있겠지만, 굳이 그러지 않아도 비약이 효과가 있다는 건 느낄 수 있었다.

수현은 문득 김종태를 떠올렸다. 초능력 강화 성분이 있는 마약으로 장사를 시도했던 사기꾼. 그러나 그의 약도 이 비약과 비교한다면 어린애 장난일 뿐이었다.

'정말 존재하기는 했군……. 레시피부터 시작해서 만드는 데 시간이 너무 걸려서 의미가 없는 수준이지만.'

"팀장님, 팀장님."

"뭐지?"

밖에서 수현을 부르는 소리가 들려왔다.

"개발계획국에서 사람이 왔습니다."

"……?"

수현은 초능력 사용 때문에 흐트러진 옷매무새를 가다듬고 문을 열었다.

"국장?"

"아뇨, 그 밑 같던데요."

"정말 오랜만입니다, 팀장님!"

"아, 예."

수현은 떨떠름한 표정으로 조민욱을 쳐다보았다. 새로 신설된 관리정책과 과장으로 일하고 있는 남자는 쾌활한 태도로 수현의 손을 잡고 흔들었다.

"이번에는 또 드래곤을 만나고 살아 돌아오셨다고요? 정말 더 이상 놀랄 수가 없을 정도입니다! 제가 저번에 그렇게 말씀드렸지만, 뭐 괜찮습니다! 일단 다치신 곳도 없으시니 앞으로 조심하시면 되지 않겠습니까?"

"그냥 직설적으로 말하셔도 되는데."

"직설적이라뇨? 제가 어떻게 그렇게 말하겠습니까? 그나저나 팀장님, 앞으로 일정이 어떻게 되시는지 여쭤봐도 되겠습니까?"

"일정이요? 제 초능력 연습하고 오늘은…… 보자, 그러니까 구중철, 강인규, 김창식, 곽현태 정도 초능력 트레이닝을 시키겠군요. 그다음에는 자료 점검하고."

"어…… 쉬지는 않고요?"

"도중 도중에 쉽니다."

"아니, 그런 거 말고요! 유흥 있잖습니까, 유흥!"

"뭐, 굳이 필요하지도 않은걸……."

'대체 몇 살이냐, 이 사람!'

"저 일정, 꼭 오늘 해야 할 게 아닌 것 같은데 오늘은 저와 같이 돌아다닙시다!"

"예? 별로 안 끌리는데."

"하루만 같이 어울려 주십시오!"

둘의 대화를 듣던 김창식이 끼어들었다.

"저희 걱정이라면 괜찮습니다, 팀장님. 다녀오시죠!"

"뭘 멋진 표정으로 멋진 말을 하는 거야, 이 자식은? 놀고 싶어서 수작 부리지 마라."

"……"

"자자, 그렇게 말하지 마시고!"

조민욱은 수현의 팔을 잡고서 밖으로 끌고 나갔다. 김창식은 몰래 그에게 응원하는 신호를 보냈다.

"팀장님, 술은 좋아하십니까?"

"그다지 안 좋아합니다."

"담배는?"

"몸 둔해져요."

"여자는?"

"필요하면 제가 구할 테니 신경 끄시죠."

"……그러면 뭐 좋아하시는 거 있으십니까?"

"글쎄요? 싸움?"

"싸움이요? 싸움? 싸움이라, 음……."

생각지도 못한 말을 들었지만, 조민욱은 당황하지 않았다. 여기 오기 전에 이미 충분히 다짐을 하지 않았는가.

-어떻게든 김수현 팀장을 한동안 쉬게 만들어라!

　실패하면 그가 영원히 쉬게 될지도 몰랐다. 조민욱은 두뇌를 돌려서 생각에 잠겼다. 대부분의 선택이 차단당한 상황, 어떻게든 수현의 취미에 맞춰야 했다.

　평양은 카메론의 개척 초기부터 만들어진 도시였고, 도시의 거의 모든 걸 가지고 있었다. 합법적인 것부터 시작해서 불법적인 것까지 모두.

　'그렇지만 괜히 이상한 곳에 갔다가 팀장이 화라도 낸다면 내 목이 날아간다.'

　그의 입장에서는 최대한 조심해야 했다. 비밀 노예 시장에 데려갔다가 수현이 화라도 낸다면 그는 바로 박살이 날 테니까.

　'취향도 만족시키고, 가능한 합법적이어서 팀장이 화도 안 낼 곳이라면…… 그래!'

　"좋은 곳이 있습니다!"

　"그래요?"

　수현은 별 기대하지 않는다는 듯이 고개를 끄덕였다. 그러나 조민욱은 아랑곳하지 않고 눈빛을 빛냈다.

"어떠십니까?"

"싸움…… 이긴 한데. 이걸 돈 주고 봅니까? 사람들이?"

"예? 이게 얼마나 인기인데요! 이 프리미엄석은 원래 돈으로 못 구하는 겁니다! 국장님한테 허락받고 받아온 자리인데……!"

그들은 지금 옛 콜로세움을 연상시키는 경기장에 와 있었다. 물론 경기장에서는 축구나 야구를 하고 있지 않았다. 하고 있는 건 싸움이었다. 그것도 목숨을 건 싸움.

몬스터를 길들이는 건 결코 쉽지 않았지만 몬스터를 잡는 건 비교적 쉬웠다. 그 점을 착안해 사람들은 한 가지 유희를 생각해 냈다.

몬스터와 인간의 사투.

"이건 카메론 초창기부터 있었던 경기입니다. 그때는 개척자들이 소소하게 모여서 했던 내기였는데, 그게 커지고 커져서 이렇게까지 된 거죠."

수많은 단체의 반대에도 불구하고, 이권이 걸려 있는 몇몇 집단의 로비로 아직도 이 경기는 합법적으로 진행되고 있었다.

그들의 로비도 이해가 갔다. 이 경기는 카메론에서 최고의 인기를 자랑하는 경기라고 해도 과언이 아니었다. 몬스터와 인간이 목숨을 걸고 부딪치는 싸움은 어떤 콘텐츠도 줄 수 없는 격렬함과 긴장감을 선사했다. 기존의 스포츠는 비교할 게 아니었다.

"저도 이걸 꽤나 좋아해서 챙겨 봅니다. 제가 좋아하는 선수는 주동수 선수죠. 다른 선수들과 달리 근거리에서 강하게 덤비는 타입인데…….."

수현은 무의식적으로 하품을 했다. 그걸 본 조민욱은 아차 싶었다.

'이런. 잘못 골랐나?'

싸움을 좋아한다고 해서 여기에 왔지만 다시 한번 생각해 보니 수현의 취향에는 안 맞을 수도 있었다. 수현은 원래 카메론의 최전선에서 목숨을 걸고 가장 강력한 몬스터와 싸우는 사람 아닌가. 이런 싸움은 어린애들 싸움만큼 시시해 보일 수도 있었다.

"팀, 팀장님. 시작하기 전에 선수에 돈을 걸 수도 있습니다."

"돈이요? 그래요. 뭐 심심풀이인데 걸도록 하죠. 정보는 어디 있습니까?"

"저기 위, 홀로그램으로 쏘아 보내니 보고 결정하시면 됩니다. 원래 여기 꾼들은 이렇게 프로그램을 써서 따로 보지만……."

'이걸 정말 좋아하나 보군.'

수현은 그렇게 생각하며 고개를 끄덕였다.

조민욱의 예상대로 수현은 이런 싸움에 그다지 흥미가 없었다. 물론 이 경기는 용병들도 매우 좋아하는 경기였지만, 수현은 자기가 싸우는 게 아니라면 별로 의미가 없었다.

"오늘 선수는 주동수, 이직스, 안승민……. 보아하니 1, 2 경기가 메인이겠네요. 몬스터는 랩터, 트롤, 에우터프사자……."

"이런 곳에 참가하는 선수는 보통 어떤 사람입니까?"

"역시 초능력자죠? 한탕을 노리는 초능력자."

조민욱은 신이 나서 설명을 시작했다. 각성한 초능력자는 대부분 비슷한 생각을 하게 된다. 자신은 선택받았고, 그 능력으로 인생을 아름답게 살 것이라고.

그러나 현실은 만만하지 않았다. 치유 능력자 같은 게 아닌 이상 초능력자는 의외로 그 능력을 활용할 만한 곳이 적었다. 큰돈을 벌려면 그만큼 위험을 감수해야 했다.

가장 만만한 게 용병이나 탐험가였지만, 모두가 거기에 목숨 걸고 뛰어드는 건 아니었다. 아무것도 모르는 사람들도 인터넷이나 기사로 용병이 얼마나 위험한 일인지는 알고 있었던 것이다.

그런 이들을 위한 곳 중 하나가 이 몬스터 투기장이었다.

"그렇지만 너무 초능력이 강해도 안 되죠."

"……?"

"일방적으로 이기는 선수는 인기가 없거든요. 예외도 있지만, 역시 사람들은 치열하고 아슬아슬하게 이어지는 싸움을 좋아하니까……."

"악취미 아닙니까? 그럴 거면 그냥 직접 총 들고 가서 싸우면 되지 않나?"

"하하. 모두가 목숨을 걸 용기가 있는 건 아니니까요! 그래서 팀장님, 돈은 어디에 거실 겁니까?"

"어…… 봅시다. 보통 선수가 이기죠?"

"예, 대부분 선수가 이기죠. 몬스터가 이기는 경우가 많으면 이 장사 못 합니다. 그래도 몬스터가 이기는 경우에 거는 사람들도 있어요. 대박을 노리는 거죠. 물론 불법이지만요."

"시간별로 베팅하거나 공격 횟수로 베팅하거나……."

'진짜 별걸로 다 돈을 버는군.'

이미 어지간한 부자는 비교도 되지 않을 정도로 재산을 쌓아 올린 수현이었다. 그러나 그의 세상은 언제나 카메론 바깥의 세상이었다. 이런 안쪽의 세상은 마주할 때마다 신기했다.

"그런데 용케 몬스터를 관리하는군요."

"팀장님께서도 하나 기르고 계시잖습니까?"

"아, 그거요?"

수현은 회사 부지 안에 있는 포슈칸 호랑이를 떠올렸다. 포슈칸에서 새끼였을 때 데리고 온 놈은 이제 다 자란 것이나 다름없었다.

그렇지만 수현이 데려왔다고 해서 놈이 수현을 주인으로 여기지는 않았다. 수현을 보면 겁먹고 꼬리를 내리기는 하지만 주로 명령을 내리는 건 샤이나였다.

"그야 다크 엘프가 있으니까요. 그런 면에는 뛰어나죠."

"대단합니다. 몬스터를 다루는 건 아직도 연구가 많이 되고 있는 분야인데, 몇 발짝 더 앞서서 하는 거잖습니까?"

"이종족들이 특정 분야에서 인간보다 앞서 있는 건 굳이 몬스터 조련뿐만이 아니니까요. 다른 이종족은 몰라도 다크 엘프는 교류가 적으니 좀 간극이 심하죠."

"이런 곳에서 몬스터를 관리하는 방식은 단순합니다. 그냥 튼튼한 우리에 가두는 겁니다."

말이 단순한 거지, 무식하다고 해도 과언이 아니었다. 안에 가둬놓고 죽지 않을 정도로 먹이만 주는 것이다. 자연스럽게 안에 갇힌 몬스터들은 점점 더 흉포해졌다.

"몬스터가 단단히 미쳐 날뛸 텐데요?"

"그러면 좋죠. 보는 사람들은 좋아할 테니까. 오히려 그런 면 때문에 유도하는 걸지도 몰라요. 물론 이런 곳에서 몬스터를 다루는 고급 기술을 갖고 있지도 않겠지만."

말을 마친 조민욱은 베팅란에 체크를 한 다음 수현에게 시
선을 돌렸다.

"다 결정하셨습니까?"

"처음이라 잘 모르겠군요."

"그냥 재미로만 하셔도 됩니다. 제가 추천해 드릴까요? 전
주동수에 5분 이상 7분 이하로 걸었습니다. 그게 가장 승률
이 높아요. 그렇게까지 오래 걸리는 선수가 아니거든요."

"믿을 만한 선수인가 봅니다?"

"보통 10승을 넘긴 선수는 어지간해서는 실패하는 경우가
드물죠."

수현은 고개를 돌려 홀로그램에 나와 있는 몬스터와 선수
의 정보를 훑어보았다. 이런 수치만으로는 정확히 알 수가
없었다.

"아, 올라오네요. 저 선수가 주동수입니다. 근접전으로 피
튀기는 싸움을 자주 보여주는 선수죠. 반대쪽이 몬스터고요."

화려한 연출 효과와 함께 경기장에 선수가 나타났다. 몬스
터가 갇혀 있는 우리는 지하에서 천천히 올라왔다. 안에는
랩터가 눈을 붉게 빛내며 낮게 으르렁거리고 있었다.

"……?"

수현은 뭔가 이상함을 느꼈다. 몬스터의 기세가 심상치 않

앉던 것이다. 그가 사냥한 랩터만 해도 정육점을 따로 차릴 수 있을 정도였으니 랩터의 상태를 알아보는 건 쉬운 일이었다.

지금 저 랩터의 상태는 무언가 달랐다.

수현은 얼굴을 찌푸렸다. 지금 그가 랩터 하나 때문에 이렇게 신경을 쓰고 있는 건 아니었다. 랩터의 상태가 이상해 봤자 랩터였다. 마음만 먹으면 일격에 죽일 수 있었고 게다가 지금은 상대할 필요도 없었다.

'내가 이렇게 예민했었나?'

수현이 얼굴을 찌푸린 건 감각 때문이었다. 원래라면 랩터의 상태를 알아보려면 가까이 접근해야 했다. 놈의 눈빛이나 호흡, 걸음걸이 같은 것을 보고 판단하기 위해서. 이른바 지식과 경험으로 인한 구분법이었다.

그러나 지금은 달랐다. 그렇게 보기도 전에 몸이 먼저 느낀 것이다. 몬스터의 상태가 이상하다는 것을.

"……!"

주동수라고 불린 선수가 손을 흔들면서 관객들에게 인사를 하는 게 보였다. 그렇지만 수현은 다른 것을 느꼈다. 그의 몸에서 뿜어져 나오는 오라 같은 파장.

초능력자라고 해서 서로를 알아볼 수 있는 건 아니었다. 특별한 능력이 없는 한 알아볼 수 없었다. 그건 수현도 마찬가지였다. 경험이나 감으로 몇 번 맞혀봤을 뿐.

그러나 지금은 뚜렷하게 느낄 수 있었다. 그가 초능력자라는 것도, 그가 뿜어내는 초능력도.

"팀장님?"

"아, 죄송합니다. 잠깐 뭐 좀 생각하느라. 그보다 실패는 안 된다고 하셨죠?"

"예, 대신 꼼수지만, 시간 쪽 베팅에서 가장 바깥을 고르시면 됩니다. 실패하면 자동으로 시간 초과가 되니까……."

"그러면 그걸로 하겠습니다."

"네? 주동수가 1경기인데요? 팀장님 눈에는 시원찮아 보이겠지만 저 선수 괜찮은 선수입니다."

조민욱의 말대로 주동수는 그렇게 강한 초능력을 갖고 있지 않았다. 그러나 그 정도면 랩터를 잡기에 충분했다. 보통 랩터였다면.

그러나 수현이 보기에 지금 저 랩터는 정상이 아니었다. 누가 수작을 부렸는지는 알 수 없었지만 뿜어내는 기세가 장난 아닐 정도로 난폭했다.

"저 랩터, 만만해 보이지가 않는군요."

"으, 팀장님께서 그렇게 말하시면……."

조민욱은 망설이는 표정을 지었다. 카메론에서 수현이 가진 식견은 그 누구도 따라올 수 없을 만큼 대단했다. 마법사가 되기 전부터 인정되던 말이었다.

"시간 초과가 배당이 천 배가 넘어가는데……. 에라, 모르겠다."

"다 정하셨습니까?"

정장을 차려입은 직원이 공손한 태도로 다가왔다. 그가 혼자 왔을 때는 한 번도 이런 대접을 받은 적이 없었다.

'역시 권력이 좋긴 좋구나!'

아마 국장의 자리를 수현이 사용한 것 때문에 위에 연락이 갔고, 수현이 누군지 전해 들은 게 분명했다. 수현 정도면 VIP 중의 VIP니 이런 특별대우도 납득이 갔다.

"예, 이걸로 해주시죠."

"필요한 게 있으시면 바로 불러주십시오."

수현은 대답 대신 손을 흔들었다. 물러가라는 뜻이었다. 그걸 본 조민욱은 입맛을 다셨다. 그가 평생에 투기장에서 이런 식으로 대접을 받는 일이 얼마나 있겠는가.

'잠깐, 이러면 안 되지. 김수현 팀장을 즐겁게 해줘야 하는데!'

여기까지 와서 그 혼자만 즐겁게 즐겼다는 말이 국장의 귀에 들어간다면 그냥 끝나지 않을 것이다.

"여기 안전 관리는 어떻게 하는 거죠?"

"몬스터 말하시는 겁니까? 보통 이런 곳에서 쓰는 몬스터들은 저 관중석으로 기어오르지 못하는 놈들을 주로 쓰죠."

몬스터와 사람이 싸우는 곳은 관중석과 엄격하게 격리되어 있었다. 높이도 높이였지만 몬스터가 탈출하려고 할 때 막을 수 있도록 강력한 보안 장치들이 붙어 있었던 것이다.

"그거 말고도 병력이 어느 정도 상주합니다. 만약의 사태가 터지면 바로 잡을 수 있도록."

"그 정도면 괜찮겠군요."

"예?"

"아뇨, 아무것도 아닙니다. 이제 시작입니까?"

"앗, 예. 시작입니다!"

사람들의 함성이 귀를 찢을 것처럼 터지기 시작했다. 몬스터를 격리했던 우리가 내려갔다. 울부짖음과 함께 인간과 몬스터는 격돌하기 시작했다.

"그래! 그렇게! 밀어붙여!"

"과장님, 반대에 돈 걸지 않았습니까?"

"아차……!"

조민욱은 그제야 그가 돈을 선수가 이기지 못하는 것에 걸었다는 걸 떠올렸다. 그러나 주동수는 노련하게 랩터를 상대하고 있었다.

아티팩트를 들고서 랩터의 공격을 요리조리 피하며 상처를 입혀가는 게 확실히 우위를 잡은 모습이었다. 사람들이 보기에는 이미 승기를 잡고 치명타를 노리는 것이나 마찬가지였다.

"빨리 끝내, 이 자식아!"

"더 버텨! 더 버티라고!"

"추하군, 추해."

수현은 그렇게 중얼거리며 생각에 잠겼다. 별생각 없이 넘겼지만 랩터의 상태가 이상한 게 마음에 걸렸다. 원래라면 저런 식으로 하지 않는 것이 당연했다.

'누가 약이라도 주사했나? 누가? 왜? 돈 좀 벌려고 조작을 했나?'

돈이 걸린 일에는 언제나 사기꾼들이 꼬였다. 수현은 굳이 사기꾼들을 찾아서 잡아낼 생각이 없었다. 그들이 수현의 일을 방해하지 않는다면 잡는 게 시간낭비처럼 느껴졌기 때문이었다.

"어? 어어? 어어어?"

"이런 XXX!"

비틀거리던 랩터가 갑자기 달려들었다. 그 기세에 주동수는 선택을 잘못했다. 피해야 하는 걸 아티팩트로 막으려 한 것이다. 랩터는 상상을 초월하는 속도로 발톱을 휘둘렀다.

착!

가슴팍이 깊게 갈라지며 피가 튀었다. 주동수가 비틀거리고 관중석에서는 비명이 터져 나왔다.

"시합 중지! 시합 중지!"

어디서 튀어나왔는지 무장한 전투원들이 나와 랩터에게 달려들었다. 주동수는 얼굴이 창백해져서 일어나지 못했다. 몇몇 걱정하는 사람도 있었지만 대부분은 욕설을 퍼부었다.

"내가 얼마를 걸었는데! 일어나! 일어나라고!"

"대, 대, 대박이다······!"

조민욱은 얼떨떨한 표정으로 중얼거렸다. 현실감이 느껴지지 않았다. 지금 그가 얼마를 번 것인가?

"팀장님, 꿈이 아니라고 말해주실 수 있으십니까?"

"꿈은 아니고요. 그보다 괜한 의심을 받는 거 아닌가 싶은데."

"예?"

"이런 결과가 보통은 아니잖습니까. 그런 걸 오늘 처음 온 제가 예측했으니 의심을 사지 않을까 싶은데요."

조민욱은 웃으면서 고개를 저었다.

"절대 그럴 일 없습니다. 아니, 의심을 하더라도 직접 말은 못 꺼낼 겁니다. 미치지 않고서는 절대로요."

몇 푼 안 되는 돈(물론 조민욱에게는 큰돈이었지만) 때문에 수현에게 찾아와 '혹시 이번 일에 조작을 하셨습니까'라고 물을 사람은 없었다.

수현의 성격상 아는 권력자들을 불러서 난리를 치지는 않겠지만, 잃을 게 많은 사람 입장에서는 그렇지 않은 것이다.

"어, 정리 끝났군요. 다음 경기 준비하나 봅니다."

조민욱은 입꼬리가 귀밑까지 올라갈 정도로 싱글거리고 있었다. 몇 년 치 월급을 한 방에 얻고 나니 붕 떠 있는 기분이었다. 밑에서 돈을 잃은 사람들이 발광을 해도 전혀 신경 쓰이지 않았다.

조민욱은 결심했다. 앞으로 수현이 뭘 말하더라도 무조건 믿기로. 설사 팥으로 메주를 쑨다고 하더라도!

'진짜 귀신같은 양반이라니까. 이걸로 뭘 할까…….'

"왜 선수만 나옵니까?"

"일단 차부터…… 예?"

"2경기는 뭐 형식이 달라요? 왜 선수만 나오지?"

"형식은 똑같습니다만? 그러게요. 우리가 안 나왔네요. 뭐지? 고장 났나?"

선수로 올라와 있는 오크도 예상하지 못한 상황이었는지 고개를 갸웃거렸다. 원래라면 몬스터가 올라오고 그가 퍼포먼스를 보여줄 시간이었던 것이다.

쾅!

뒤에서 큰 소리와 함께 약속된 트롤이 튀어나왔다. 원래 나와야 할 곳에서 나오지 않았지만 아직까지 사람들은 이상한 점을 눈치채지 못했다.

"뭐야? 왜 저기서……."

우리도 없이 쿵쿵거리며 다가오는 트롤을 보며 오크는 중얼거렸다. 어떻게 된 건지는 알 수 없었지만 일단 싸워야 했다. 가만히 있어 봤자 아무도 막아주지 않는다.

"어?"

"저거……."

사람들의 입에서 숨 막히는 소리가 새어 나왔다. 선수 전용 통로로 쓰이는 입구에서 트롤이 걸어 나온 것까지는 좋았다. 그 뒤에 우르르 몰려나오는 몬스터 떼를 발견하기 전까지는.

"이런 미친……!"

조민욱은 우글거리는 몬스터들을 보고서 기겁했다. 저 정도 숫자면 이 투기장에서 가둔 몬스터를 전부 푼 것 같았다.

"뭐 하는 거야?! 선수 죽는 거라도 찍을 생각인가?!"

"이게 뭐야! 사전에 약속한 것과 다르잖나!"

오크는 기겁해서 반대쪽으로 도망치기 시작했다. 트롤 하나도 빠듯했는데 저런 몬스터 떼를 상대로 싸울 생각은 조금도 없었다.

"야, 저거 괜찮은 거야?"

"혼자서 저걸 어떻게 상대를……."

관중들은 당황했지만 그건 어디까지나 스스로가 안전하다고 생각한 상태에서의 당황함이었다. 여기서 위험한 건 경기장에 있는 오크밖에 없었다.

그러나 그 생각은 곧 고쳐먹을 수밖에 없었다.

쾅! 콰쾅!

트롤이 랩터를 잡아서 높게 던졌다. 둘이 협동을 한 건 아니었다. 랩터는 몸부림치면서 강하게 저항했으니까. 그러나 트롤의 힘은 억셌고, 랩터는 허공을 높게 날아 보안벽을 넘어 관중석으로 떨어졌다.

"으아아아아아아아!"

"살려줘!"

"도망쳐!"

랩터는 낙하한 충격 때문에 잠깐 혼란스러워하다가 주변에 먹잇감들이 있는 걸 보고 기쁘게 울기 시작했다.

"저 트롤, 머리 좀 쓰는군."

"팀장님! 지금 몬스터를 평가할 때가 아닙니다!"

"걱정하실 거 없습니다."

수현은 성큼성큼 걸어 내려갔다. 멀리서 랩터가 첫 번째

희생자를 노리고 발톱을 휘두르는 게 보였다.

텅―

랩터는 멍청하게 고개를 두리번거렸다. 분명 등을 찍었어야 할 발톱이 튕겨 나온 것이다.

수현은 뻗은 팔을 꺾었다.

으지직!

그 순간 랩터의 목이 그대로 한 바퀴 회전했다. 상상을 초월하는 염동력 컨트롤이었다. 조민욱은 입을 벌리고 수현을 쳐다보았다. 수현이 강하다는 건 알고 있었지만 저렇게 몬스터를 손쉽게 죽일 줄은 몰랐던 것이다.

'대단하다!'

급한 불을 끄는 동안 경기장 안에서는 오크가 울부짖고 있었다.

"열어줘, 개새끼들아! 열어달라고!"

뒤에서 당장에라도 몬스터들이 달려들 것 같았다. 그러나 투기장의 직원들도 당황스럽기는 마찬가지였다. 출구는 몬스터들로 인해 막혀 있었고, 그렇다고 해서 보안벽을 열었다가는 관중석으로 몬스터들이 달려 나갈 것이다.

"용병들은 뭐 하고 있나! 들어가서 진압해!"

'미쳤냐?'

명령을 들은 용병들은 어이가 없다는 듯이 서로를 쳐다보앉다. 지금 저 몬스터가 우글거리는 곳에 그들만 들어가란 것인가?

그러거나 말거나 담당자는 바로 명령을 내렸다.

"보안 시스템 전부 작동시키고 대피 명령 내려!"

묵직한 소리와 함께 몬스터를 조준한 대형 화기들이 불을 뿜기 시작했다.

경기장을 설계한 사람들은 바보가 아니었다. 이런 일을 하기 위해서는 무엇보다 안전이 중요했다. 당연히 몬스터들도 그들 선에서 죽일 수 있는 몬스터만 관리했다.

안에서 사고가 터지는 순간 대몬스터용으로 준비된 화기가 작동되고, 그 정도면 여기서 관리하는 몬스터 정도는 충분히 잡을 수 있었다.

갑작스럽게 몬스터들이 떼로 나오고 트롤이 랩터를 집어 던지는 예상 밖의 상황이 일어나서 그렇지, 원래라면 경기장 안에서 상황을 끝내는 게 가능했다.

철컥, 철컥-

"?!"

"뭐 해? 작동시키라고!"

"작, 작동이 안 되는데요?"

"뭐?!"

랩터의 숨통을 끊은 수현은 눈썹을 찌푸리며 경기장을 내려다보았다.

몬스터들이 밖으로 나오기 위해 보안벽을 거세게 두드리고 있었다. 원래라면 고압 전류가 몬스터들의 접근을 막아야 했는데, 지금 보니 그런 영향이 전혀 없는 것 같았다.

'뭔가 있군.'

몬스터를 공격해야 할 화기들도, 몬스터를 막아야 할 시스템도 전혀 작동하지 않고 있었다. 이런 건 우연으로 일어나는 게 아니었다. 아까 랩터의 상태가 이상했을 때만 해도 우연이라고 생각했었다. 누군가 이걸로 돈벌이를 하나 보다 하고 넘어가려고 했었는데…… 이렇게 되면 이야기가 달랐다.

사람들이 비명을 지르면서 달려 나가고 있었다. 보안 요원들이 최선을 다해 진정시키려고 했지만 한번 터진 패닉은 쉽게 가라앉지 않았다.

"으, 으으……."

그러거나 말거나 지금 가장 생명의 위협을 느끼고 있는 건 경기장에 내려와 있는 오크였다. 보안 시스템도 작동하지 않고 그를 내보내 주지도 않는 상황. 오크는 죽음을 각오했다.

"팀장님, 제가 안내하겠습니다. 밖으로 나가시죠!"

"……?"

수현은 조민욱을 어이없다는 듯이 쳐다보았다. 지금 이 인간이 무슨 소리를 하는 거지?

"저 보안벽은 쉽게 부서지지 않을 겁니다. 방금같이 랩터가 또 날아오지는 않을 거고요. 늦어도 30분 안에는 지원 병력이 올 테니 팀장님이 굳이 여기 계실 필요는 없습니다. 밖으로 나갑시다!"

조민욱은 수현이 다치게 되는 경우가 생길까 봐 필사적이었다. 그의 기분을 풀어주기 위해 경기장에 왔는데 이런 사건이 터지다니. 일이 꼬여도 이렇게 꼬일 수가 없었다.

"굳이 나갈 것도 없지 않습니까?"

"예? 아니, 저것들이 보안벽을 바로 뚫고 나오지는 못하겠지만 몬스터는 몬스터입니다! 시간이 지나면 부서진다고요. 빠져나가지 않으시면 여기서 혼자서 싸우셔야 합니다!"

"별로 상관없습니다. 그보다 여기 자체 병력 있다고 하지 않았습니까?"

수현은 오히려 아래로 걸어 내려가며 물었다. 조민욱은 울상이 되어 발을 동동 구르며 그를 따라갔다. 수현이 물러나지 않는데 그가 도망칠 수는 없었다.

"그야 저도 모르죠! 그리고 그런 놈들을 믿어 봤자 얼마나 믿을 수 있겠습니까? 일이 생기면 도망부터 칠 놈들인데. 아직까지 안 나오는 거 보면 분명 지금 상황에 겁을 먹고 도망친 게 분명합니다."

"어디나 용병들이 하는 건 다 비슷하군요."

말을 하는 동안 어느새 경기장 밑까지 가까이 와 있었다.

"팀장님……! 제발 빠져나갑시다! 여기서 다치시면 안 됩니다!"

수현이 마법사라는 것도, 여기 있는 몬스터보다 훨씬 더 강한 놈들을 상대했다는 것도 잘 알고 있었다. 그러나 그건 만반의 준비가 되어 있고, 뒤에서 함께하는 동료들이 있는 상황이었다. 지금은 철저하게 수현 혼자였다.

초능력자의 초능력은 무한하지 않았다. 사용하면 체력에 소모가 왔고, 거기서 더 사용하면 몸에 무리가 왔다.

그러는 동안 오크는 각오를 마쳤다.

'여기서 죽는구나.'

돈을 벌기 위해 시작한 일이 이렇게 꼬일 줄은 몰랐다. 오크는 창을 꼬나 쥐고 다가오는 트롤을 노려보았다. 다른 몬스터들이 보안벽에 들이박는 동안 놈은 그를 쳐다보며 비웃고 있었다. 다 잡은 사냥감을 보고 즐기는 비웃음이었다.

"그래, 시발! 붙어보자!"

트롤까지는 괜찮았다. 다만 싸우는 순간 다른 놈들이 불이 붙어 달려들 게 걱정이었다. 그러니 지금은 일단 트롤을 잡아야 했다.

트롤이 함성과 함께 달려들었다. 오크는 창을 위로 들었다. 미약한 불길이 창끝에 맴돌기 시작했다.

그리고 트롤이 옆으로 날아갔다.

쾅!

"?!?!?!"

"아차."

보안벽에 금이 간 걸 본 수현은 혀를 찼다. 비약 때문에 힘 조절을 못 한 것이다.

"이게 뭔……?"

트윈헤드 오우거를 상대한 후 수현은 다크 엘프들의 약재를 털어 소소한 초능력들을 익혀놓은 상태였다. 물론 말이 소소한 초능력이었지, 다른 초능력자들에게는 주 무기나 다름없는 초능력이었다. 거기에 소지하고 있는 다른 아티팩트까지. 예전에 강화된 염동력만 믿고 사용하던 모습에 비하면 엄청나게 달라진 셈이었다.

"스톤 월."

일단 오크를 살려야 했다. 수현은 검지에 끼고 있는 반지를 사용해 오크 앞에 암석으로 만들어진 벽을 쳤다. 그리고 염동력으로 뛰어 그 위에 섰다.

—……?

그 순간 보안벽을 치던 몬스터들이 일제히 동작을 멈췄다. 그리고 수현을 쳐다보았다.

"뭐지?"

그가 모습을 숨기고 움직인 건 아니었지만, 이렇게 전부가 관심을 보일 줄은 몰랐다. 대부분의 몬스터는 본능으로 움직였다. 보안벽을 때려 부수고 나가려던 놈들이 갑자기 수현에게 시선을 돌릴 이유가 없는 것이다.

-크르릉…….

"……?"

가장 먼저 덤비는 놈부터 처리할 생각이었다. 그러나 상황이 이상했다. 몬스터들이 모두 수현에게서 멀어지려고 물러나고 있었다. 방금까지 보안벽을 미친 듯이 두드리던 놈들도 낮게 울부짖으며 자세를 낮추고 뒤로 기었다.

"팀장님, 거기서 나오십시오! 혼자서 싸우시는 건 너무 위험합니다!"

조민욱은 거의 눈물을 흘리기 직전이었다. 도망치고 싶은 건 그도 마찬가지였다. 그러나 수현을 두고 혼자 도망칠 수는 없었다.

"괜찮으니 조용히 좀 하시죠."

-크헝!

보안벽에 세게 부딪힌 트롤이 비틀거리며 일어나더니 뛰어들었다. 여기 있는 몬스터 중 유일하게 수현에게 덤빈 놈이었다.

으직!

그리고 트롤의 머리가 흔적도 없이 사라졌다. 주인을 잃은 트롤의 몸통이 비틀거리다가 쓰러졌다.

'트롤은 덤비는데…… 한 대 맞아서 그런 건가? 아니면 좀 더 호전적이어서 그런 건가?'

"저, 저기. 괜찮으시다면 여기서 좀 꺼내주시지 않겠습니까?"

밑에서 오크의 조심스러운 목소리가 들려왔다. 수현은 대답 대신 오크를 들어서 보안벽 밖으로 던져 버렸다. 순식간에 빠져나온 오크는 그제야 한숨을 돌릴 수 있었다.

"어? 저 사람 혹시……."

"김수현 아냐? 그 마법사."

한 번에 많은 사람이 통로로 빠져나가려고 했기 때문에 아직 제법 많은 사람이 좌석 주변에 남아 있었다. 그들 중 몇명이 경기장 안의 상황이 이상하게 흘러가고 있다는 걸 깨달았다.

"마법사가 왔다고? 다 처리한 거 맞아?"

"아니, 몬스터가 가만히 있는데……?"

"왜 가만히 있지?"

"뭔가 한 거 아니야? 마법사니까."

일반인이야 마법사의 어떤 점이 특별한지 알 길이 없었다. 언론이나 사람들이 대단하다고 하니까 대단하다고 생각할 뿐.

"정, 정말 김수현 씨 맞습니까?"

"……?"

수현은 스톤 월 위에 서서 몬스터를 내려다보다가 옆에서 들려오는 질문에 고개를 돌렸다. 방금 그가 꺼내준 오크가 눈빛을 반짝이고 있었다.

"저는 이직스라고 합니다! 이렇게 만나 뵙게 되어서 영광입니다! 평소에도 존경하고 있었습니다!"

"나를? 특이한 오크군."

"특이하다니요! 평양의 오크들은 모두 김수현 씨를 존경하고 있습니다!"

"……?"

꼬리를 내린 몬스터들을 어떻게 처리할까 고민하고 있던 수현은 전혀 예상치 못한 소리에 이해가 가지 않는다는 표정을 지었다.

오크가 그를 존경하고 있다니?

"그게 무슨 소리지? 오크들이 왜 나를?"

오크가 강한 걸 좋아하고 존경한다지만 그건 어디까지나 부족 내 이야기였고, 수현이 마법사라고 해도 알지도 못하는 오크들이 그를 존경할 이유가 없었다.

게다가 오크들이 하나의 세력인 것도 아니었다. 다 부족이

갈리고 출신지가 갈렸다.

"마법사인 것도 대단한데, 저번에는 오크 부족 하나를 신경 써주셔서 그대로 팀에 넣어주셨다고 들었습니다! 아무런 이득도 없는데 그렇게 해주시다니······."

"어? 어? 어······. 뭐, 그렇지."

케바스왁의 오크들을 데리고 온 게 이상하게 소문이 퍼진 것 같았다. 물론 수현이 그들에게 좋은 대우를 해주기는 했다. 그렇지만 그건 어디까지나 타산적인 행동이었다. 그러나 오크들에게는 충분히 양심적이고 배려 넘치는 행동이었다. 가진 거 없는 이종족을 후려치는 인간들이 수두룩했던 것이다.

"거기에 하임켄에서는 신물을 그냥 찾아주셨잖습니까! 아무런 대가도 바라지 않고! 실은 저도 하임켄 출신입니다! 그 말을 듣고 정말 감동했습니다!"

"너는 소문을 좀 걸러서 들어야 할 것 같다."

"예?"

"아니, 아무것도 아니야."

둘의 대화를 초조하게 듣던 조민욱은 결국 참지 못하고 끼어들었다.

"지금 이렇게 떠들 때가 아닙니다, 팀장님! 거기서 당장 나오십시오!"

"진정하시죠. 지금 보면 몬스터는 덤비지도 않잖습니까."

"아니, 그래도 몬스터인데……."

"진정했으면 연락이나 해봐요. 이렇게 안 덤비는 놈들이면 굳이 죽일 필요가 있나 싶은데."

"알, 알겠습니다."

조민욱은 황급하게 연락을 시도했다. 그러는 동안 수현은 다시 한번 몬스터들을 둘러보았다. 그가 시선을 보낼 때마다 몬스터들은 시선을 피하려고 들었다.

'이거 정말 이상한데.'

수현은 가볍게 뛰어내렸다. 다른 사람들이 보면 미쳤다고 했을 것이다. 몬스터에게 가까이 다가가다니. 그것도 무방비로.

"이쪽을 봐라, 이쪽을."

―크르릉…….

랩터는 수현이 다가오자 점점 뒤로 몸을 빼기 시작했다. 보안벽에 바짝 엉덩이를 붙이고 머리를 아래로 숙인 것이다.

수현은 한술 더 떴다. 가까이 다가가 랩터의 머리통을 붙잡은 것이다. 아무리 몬스터가 그를 피하더라도 이런 건 선을 넘은 행동이었다. 바로 덤벼들어도 이상하지 않았다.

그러나 랩터는 덤비지 않고 머리만 흔들었다. 놔달라고 애원하는 것 같았다.

수현은 헛웃음을 터뜨리며 랩터의 상태를 확인했다. 이놈도 아까 본 놈들처럼 무언가 특수한 주사를 맞은 것 같았다. 그러면 더 흉포해야 하는데, 이놈들은 끝까지 덤비지 않았다.

'정말 모르겠군.'

쾅!

몬스터들이 이미 한바탕 부수고 지나간 출입문으로, 중무장한 병력이 들이닥쳤다. 얼굴이 보이지 않아도 그들이 긴장하고 있다는 건 알 수 있었다.

"공격 개…… 음?"

그들 중 한 명이 멈칫했다. 몬스터들의 상태가 이상하다는 것을 깨달은 것이다. 게다가 그들 사이에는 낯익은 얼굴도 있었다.

"마법사가 여기에 왜?"

수현은 시간을 확인했다. 그의 눈빛이 차가워졌다.

'10분도 안 돼서 도착이라니. 너무 빠른데.'

그 난장판이 거짓이었던 것처럼 상황은 빠르게 정리되었다. 죽은 사람이 하나도 나오지 않았다는 게 기적처럼 느껴졌다. 기껏해야 경상을 입은 사람 몇 명이 전부였다. 그것도 도망치다가 자기들끼리 넘어져서 다친 것이었다.

10분도 안 되어서 찾아온 병력은 예상 밖의 병력이었다. 그들은 군부대에서 연락을 받고 온 군인들도, 경찰 쪽 대몬스터 특공대도 아니었다.

"반갑습니다. 김수현 팀장님. 저는 정상훈이라고 합니다."

"군인처럼 생기셨습니다."

"하하, 티가 납니까? 그렇지만 이제는 아닙니다. 팀장이라고 불러주시면 됩니다. 군인으로 오해받으면 큰일 나요. 엄연히 민간인인데."

정상훈은 사람 좋은 웃음을 지었지만, 수현은 그의 표정 속에서 숨길 수 없는 초조함을 읽어냈다. 계획이 꼬였을 때 사람들이 쉽게 보이는 감정이었다.

'이중영…… 막 나가는구나.'

전 육군 대령 이중영. 군 소속이지만 민간 용병 회사로 위장한 부대를 꾸리자고 주장하는 야심가. 정상훈은 그 부대의 지휘관 중 하나였다. 수현도 그의 얼굴 정도는 알고 있었다.

'철저한 예스맨이었지.'

야심도 없고 능력도 그저 평범한, 이중영의 말을 잘 따르는 예스맨. 몇 번 임무를 맡다가 몬스터에게 사망한 게 그였다. 이렇게 다시 보게 되니 신선했다.

물론 지금 중요한 건 정상훈이 아니었다. 중요한 건 그와 그의 팀원들이 여기에 나타났다는 점이었다.

'벌써 몇 개 팀을 만들었나? 생각보다 빠르군. 이번 사태를 잘 처리했으면 그걸로 생색 좀 내려고 했다 이거지? 이것들이 진짜…….'

냄새가 나는 곳에는 언제나 무언가가 있었다. 몬스터의 비정상적인 사태, 보안 시스템의 비정상적인 정지……. 이런 건 쉽게 일어나는 게 아니었다.

이중영이 노린 자작극일 가능성이 컸다.

그러나 수현은 모르고 있었다. 이번 사태의 원인 중 하나가 그였다는 것을. 독보적으로 위치가 올라가고 있는 수현이기에 그를 견제하는 사람에게 초조함을 불러일으킨 것이다.

51장
전조(2)

'이중영이 꾸민 짓인 걸 알았다면 그냥 바로 내려가서 증거부터 잡는 거였는데.'

수현은 속으로 혀를 찼다. 이중영이 야심가이긴 했지만 멍청이는 아니었다. 이런 일을 하면서 증거를 남기지는 않았을 것이다. 들켰다가는 목이 날아가는 것으로 끝나지 않는 일이었으니까. 꼬리를 잡으려면 현장에서 바로 잡았어야 했는데, 여기 있는 몬스터들을 처리하느라 늦어버렸다.

'사람들이고 뭐고 죽든 말든 바로 지하로 내려갔어야 했나?'

수현이 그런 후회를 하는 동안, 정상훈도 속으로 당황하고 있었다.

'이 자식은 대체 왜 여기 있는 거냐?!'

계획은 완벽했다. 오래 준비했고, 원래대로라면 한 치의 오차도 없이 행해졌을 것이다.

아무런 문제도 없는 경기장에 문제가 생기고, 거기에서 몬스터가 풀려나고…… 사람들은 패닉에 빠진다. 그때 그들이 나타나는 것이다.

명성을 얻기에는 아주 적당한 방법이었다. 이런 식으로 명성을 쌓아놓는다면 나중에 그들이 어떤 목적으로 만들어졌는지 발표하기에 좋았다. 평양의 사람들은 그들에게 찬사를 보낼 것이다.

'역시 믿을 건 정부밖에 없다', '돈밖에 모르는 용병과는 다르다' 같은 여론은 이 프로젝트의 책임자인 이중영에게 든든한 힘이 되어줄 것이 분명했다.

그런데 일이 꼬였다. 약을 먹인 랩터가 일찍 투입되거나, 트롤이 밖으로 랩터를 던지거나 한 건 사소한 오차였다. 사람이 안 죽게 설계하긴 했지만 돌발상황으로 한두 명 죽는 건 정상훈도 그다지 신경 쓰지 않았다. 어차피 사람은 어디서든 죽으니까.

문제는 김수현이었다. 그들이 기껏 준비한 무대에 나타나서 혼자 정리를 해버린 것이다. 그것도 수많은 사람 앞에서. 그들이 받아야 할 찬사를 다 김수현이 다 가져가게 생긴 것이다.

'으으음…….'

두 남자는 서로 못마땅하다는 듯이 속으로 신음을 냈다.

"이중영 씨가 그런 짓을 했다고요?"

"추측에 가깝습니다만, 가능성은 크죠."

"아니, 아무리 그래도 그 사람이 그런 짓을 할 리가……."

"없다고 보십니까?"

수현의 질문에 국장은 잠깐 멈칫하고서 고개를 저었다.

"할 수 있을 것 같군요. 충분히."

"군인 출신이라고 모두가 다 충성심 높고 시민에 대한 의무감으로 가득한 건 아닙니다. 젠장, 이번에 증거를 잡았으면 편했을 텐데, 멍청하게……."

수현은 경기장에서 빠릿빠릿하게 움직이지 못한 스스로를 자책했다. 그걸 본 국장은 어처구니없다는 표정을 지었다.

"팀장님, 저도 상황은 들었습니다만. 그 정도면 충분히 대단하신 겁니다. 몬스터를 전부 제압한 데다가 사상자는 한 명도 만들지 않으셨잖습니까. 지금 사람들이 팀장님을 얼마나 칭송하고 있는지는 알고 계세요?"

언론부터 시작해서 인터넷까지, 경기장에서 일어났던 사

건을 다루고 있었다. 이 정도로 크게 터진 사건은 주목을 받을 수밖에 없었다.

이번 사건 때문에 몬스터 싸움에 대한 위험성을 주장하는 단체들이 힘을 얻었고, 이로 인해 더욱 치열하게 대립하게 되었지만 사람들은 그런 것에 주목하지 않았다. 경기장에서 혼자 몬스터를 처리한 사람에 주목했다.

"저로서는 반가울 뿐입니다. 원래 인류 최초의 마법사라고 해도 일반인들한테는 '그게 뭐가 대단한 거야?' 이런 반응들이 돌아오거든요. 그냥 개수 좀 늘어난 초능력자라고 생각하니 왜 호들갑을 떠나 싶을 겁니다. 그렇지만 이런 일들로 명성을 쌓으면서 영웅이 되신다면 일반인들도 이제 뭐가 대단한지 알게 되겠죠."

수현이 잘되면 잘될수록 그와 공조하고 있는 국장도 이익을 봤다. 요즘처럼 자리가 확실하지 않은 상황에는 믿을 만한 게 스스로의 실적밖에 없었다.

'부디 영웅으로 오래오래 남아서 제 자리도 좀 확실하게 지켜주고 해주시죠.'

국장은 노골적인 바람을 속으로 삼켰다.

"그러면 뭐합니까. 남는 건 하나도 없는데. 이번에 꼬투리를 잡아서 끝냈어야 했어요. 오래 끌어 봤자 좋을 게 없는데."

수현은 불만스럽다는 듯이 투덜거렸다.

"너무 걱정이 많으십니다. 지금 팀장님이 이중영 정도의 사람을 걱정하실 필요는 없으시지 않습니까? 솔직히 이중영 그 사람이 지원을 받고 새로 팀을 만들고 있다지만 그건 어디까지나 실적도 없고 이름도 없는 팀에 불과합니다. 팀장님하고 비교하기도 우스운 수준이잖아요."

"카메론에서 영웅은 순식간에 만들어지죠. 그리고 어중간한 아군은 적보다 더 귀찮아요. 적은 그냥 죽일 수나 있지."

수현의 말에서 느껴지는 피비린내에 국장은 순간 움찔했다. 이건 보는 눈만 없다면 바로 이중영을 죽였을 거란 뜻 아닌가.

수현의 성격을 알고 있기는 했지만 이런 모습은 볼 때마다 적응이 되지 않았다. 삼십도 되지 않은 사람이 풍기는 분위기는 거의 백전노장 수준이었다.

"그러니 귀찮아질 것 같은 사람은 미리미리 밟아두고 하는 게 중요한 겁니다. 국장님도 기억해 두시죠. 괜히 내버려 뒀다가 나중에 물리고 후회하지 마시고."

"아, 예."

수현은 말을 마치고 자리에서 일어섰다.

"어, 벌써 가십니까?"

"잠깐 들를 곳이 있어서요."

"몬스터들이 나를 피해."

"……잘됐네?"

"잘됐네가 아니지! 왜 이런 상황이 일어났는지, 그걸 알아내야 해."

"저기, 당사자인 네가 모르면 나도 딱히 알 방법이 힘들거든? 너는 특히 까다로워. 전부 다 최초의 경우라서 참고할 경우도 하나도 없고."

"연구자로서 기쁘지 않아?"

"네 자료는 발표 때 쓰지도 못하는데 무슨."

"원한다면 써도 괜찮은데."

"아니…… 됐어."

최지은은 잠시 멈칫하다가 거절했다. 수현에게 적이 많은 건 알고 있었다. 그녀가 발표한 수현에 대한 정보를 적이 이용할지도 모른다는 생각이 든 것이다.

"그런 것보다 너, 나한테 할 이야기 없어?"

"……?"

수현은 고개를 갸웃거렸다.

"없는데?"

"……너, 드래곤 만났다는 이야기가 돌던데. 그거 헛소문이었어?"

'아차.'

수현은 실수했다는 표정을 지었다. 그걸 본 최지은이 한숨
을 내쉬었다.

"왜 말 안 해줬어?"

"그야 하면 네가⋯⋯."

"화 안 낸다니까!"

"지금 내고 있는 것 같은데."

"말 안 해서 화내는 거지. 아, 진짜. 됐어. 그래서, 무슨 일
이 있었던 거야?"

최지은은 피곤한 표정으로 얼굴을 문지르며 물었다. 수현
은 조심스럽게 있었던 일들을 설명했다.

"드래곤이 그냥 갔다고?"

"다들 안 믿으니 너도 안 믿어도 괜찮아."

"믿어. 네가 이런 거로 거짓말할 사람은 아니니까. 드래곤
이 그냥 갔다고⋯⋯."

최지은은 말끝을 흐리며 생각에 잠겼다.

"예진에도 이런 일이 있었어?"

"내가 알기로는 없었지."

수현은 고개를 저으며 대답했다.

"애초에 드래곤은 드래곤 슬레이어 프로젝트 이후로 접촉

을 극단적으로 꺼려서 자료가 거의 없었다고. 나는 활동하는
영역도 달라서 접근할 필요도, 자격도 없었고…….”

“사실 드래곤이 얼마나 흉포한지는 아직 확실하지 않기는
해. 사람들 사이에서도 말이 많고.”

“확실하지 않다니. 드래곤 슬레이어 프로젝트는 그럼 뭐
였는데?”

“그건 대규모로 선공을 한 거잖아. 그런 식으로 하면 초식
동물이라고 해도 반항을 해. 탐험가 중에서 드래곤한테 죽은
사람 있어?”

“드래곤의 영역에 들어간 탐험가들은 보통 드래곤에게 죽
기 전에 다른 놈들한테 죽지. 드래곤한테 직접 죽은 놈
은…… 내가 알기로 없는 것 같은데. 아니, 아무리 그래도 드
래곤이 친절하고 공격 안 하는 놈은 절대로 아니야. 초식동
물이라도 자기 영역은 챙긴다고. 하물며 카메론의 몬스터인
이상 더더욱.”

“그러면 너를 공격하지 않은 다른 이유가 있었을 수도 있
겠네.”

“뭐가 있지?”

“네가 너무 약해서 건드릴 생각도 안 들었다든가.”

“굴욕적이지만 그럴듯하군.”

“아니, 그 정도까지는 아닐 거야. 네가 그렇게 약할 리

가……. 그런 논리면 그때 모였던 사람들도 공격당하지 않았어야지. 혹시 드래곤에게 호감을 살 행동이라도 한 거 아닐까?"

수현은 그가 써버린 무기를 떠올렸다. 드래곤을 죽일 무기를 그냥 비약에 써버렸으니…….

"그것도 가능성이 있기는 한데, 몬스터가 그런 걸 다 감안해 주면서 이해해 주고 할 것 같지는 않은데."

"그러면 드래곤이 좋아하는 향기라도 난 거 아냐?"

"그건 좀 아니다."

"나도 더 이상은 생각이 안 나는 걸 어떡하라고!"

"뭐, 어차피 중요한 건 아니니까. 앞으로 드래곤을 다시 만날 일은 없겠지."

"꼭 그랬으면 좋겠네."

최지은은 진심을 담아서 말했다. 수현은 밖으로 나갈 때마다 목숨이 위험한 짓을 하고 돌아왔다. 저 정도 위치쯤 되면 이제 위험할 일이 없을 것 같았는데도, 매번 그런다는 게 신기할 정도였다.

'도대체 과거의 나는 이런 남자를 왜 좋아했던 거지?'

그녀는 속으로 불평히면서도 그녀가 수현을 많이 걱정하고 있다는 걸 깨닫지 못했다.

"그래서 드래곤은 됐고, 몬스터들은 왜 나를 피하는 거지?"

"그건 드래곤보다는 쉬운 질문이네. 단순한 거 아니야?"

"……?"

"겁을 먹은 거지."

"갑자기 왜 겁을 먹어? 몬스터가 강아지도 아니고."

최지은은 희고 긴 손가락을 뻗어 수현을 가리켰다.

"비약을 복용했다며. 그리고 효과를 봤다며."

"……!"

"몬스터는 인간보다 훨씬 더 감각이 예민하지. 가설 중에서는 몬스터가 초능력을 감지하는 감각도 갖고 있다는 가설도 있고. 네가 만약 비약 때문에 안 그래도 강한 초능력이 더 강해졌으면……. 몬스터가 겁을 먹고 물러서는 것도 말이 안 되지는 않잖아?"

확실히 몬스터가 겁을 먹는 경우가 없는 건 아니었다. 수현도 몇 번 경험해 본 적이 있었다. 그러나 그건 수현이 직접 압도적인 힘을 보여줬을 때였지 눈만 마주쳤다고 꼬리를 내리는 놈은 없었다.

"그런데 트롤은 왜 덤볐지?"

"그건 잘 모르겠어. 난폭함이 겁을 이겼거나, 아니면 한 대 맞아서 분노했거나, 그도 아니면 둔해서?"

"몬스터가 겁을 먹고 도망치는 건 조금 그런데."

"왜? 편한 거 아니야?"

최지은은 고개를 갸웃거리며 물었다.

"내가 알지도 못하는 사이에 놈들이 날 눈치챘다는 거잖아."

"초능력 때문에 그런 거니까 초능력만 신경 쓰면 괜찮지 않을까?"

"확실히 그럴 수 있겠군. 한번 확인해 볼게. 아, 그러고 보니 드라고니아 지하에서 알타라늄으로 만든 골렘들을 얻었어. 회장한테 조금 뜯기기는 했지만 쓸 양은 충분할 거야."

"……군대라고 해도 되겠네."

최지은은 질린 표정으로 서 있는 거인들을 둘러보았다. 주원준의 능력이 담긴 인공 아티팩트는 서예나의 힘으로 작게 축소되어서 그녀의 팔에 장신구로 달려 있었다.

외부인들은 알지 못했다. 이 연구소의 핵심 병력은 바깥에 있는 호위대가 아니라는 것을. 핵심 병력은 지하에서 잠자고 있는 이 거인 군단이었다.

"이렇게 만들어서 어디에 쓰지?"

"있으면 손해는 안 볼 거야. 정 쓸 곳 없으면 청소라도 시키든가."

"……아무리 생각해도 그건 아니야."

"그러면 나는 서강석이나 만나고 가야겠어. 어디에 있지?"

"2층에서 예나하고 같이 있을 거야. 그리고……."

"……?"

"그냥 조심하라고. 더."

수현은 피식 웃으며 고개를 끄덕였다. 그녀의 성격은 잘 알고 있었다. 길게 걱정하는 말보다 더 진심이 담겨 있는 말이었다.

"알고 있어."

"놈이 올라옵니다. 약 30초!"

"이번에 놓치면 상당히 귀찮아집니다."

"그보다는 우리 목숨 걱정이나 하자고. 놓치는 것보단 이 배가 박살 나는 게 걱정이야."

"XX, 내가 생전에 이런 항공모함이 물고기 하나한테 부서질 걱정을 해야 하다니……."

"물고기는 아니지."

"10초!"

"온다!"

수면 밑에 거대한 그림자가 아른거렸다. 그리고 잠시 후, 물기둥과 함께 고래를 닮은 거대한 몬스터가 솟구쳐 나왔다.

콰직!

그리고 거대한 배가 일격에 쪼개졌다. 그러나 사람들은 당황하지 않았다. 애초에 저건 미끼로 버려둔 배였다.

"걸렸다! 잡아!"

섬뜩한 소리와 함께 수백 명의 초능력자가 동시에 힘을 발휘했다. 단순한 공격용 초능력이 아닌, 디버프 계열 초능력도 수십 개가 날아와 몬스터에게 적중했다.

"어떻게 됐어?!"

"놈이 타격을 입었습니다!"

"중국 놈들, 그래도 일은 제대로 하는군! 좋아! 가자! 숨통을 끊어버려!"

몬스터는 비틀거리며 물 밑으로 잠수하지 못했다. 그 틈을 타 제2파가 왔다.

"그림자고래. 반응 없습니다. 2차 체크하겠습니다. 생체반응 없습니다!"

누가 먼저라고 할 것도 없이 자리에 모인 모두가 주먹을 불끈 쥐었다.

"됐어!"

남자는 지친 표정으로 담배에 불을 붙였다. 이 호수의 주인이 드디어 쓰러진 것이다. 표현하기 힘든 감정이 가슴속에서 벅차올랐다. 이놈을 잡기 위해 얼마나 많은 시간과 준비가 필요했는가.

"이제 또 카메론의 새 시대가 열리겠군."

돌아온 수현은 대원들이 모여서 웅성거리는 걸 발견했다. 그들은 홀로그램 화면 앞에서 떠들다가 수현이 온 걸 보고 일어섰다.

"팀장님, 들으셨습니까?"

"뭘?"

"그림자고래가 잡혔답니다!"

"그거 놀랍군."

"……전혀 놀라는 반응이 아니신데요."

"언젠가 잡힐 놈 아니었나? 드래곤도 아니고."

"그렇긴 하지만 몇십 년 동안 못 잡았던 놈이었잖습니까!"

차원문을 중심으로 북쪽으로는 러시아와 중국의 도시가, 남쪽으로는 한국과 미국의 도시가 위치해 있었다. 그리고 그들은 각각 북쪽과 남쪽으로 개척을 시도했다.

서쪽으로 가면 바다가 있었고, 지금 지상에서도 고전하며 나아가는 인류는 그쪽은 건드리지 않았다.

그러면 이제 동쪽이 남았다. 동쪽에는 아센 호수가 있었다. 바다로 착각할 정도로 거대한 호수. 북서에서 동남쪽으로 길게 자리 잡은 호수는 동쪽으로 진출하려는 이들의 장벽으로 작용했다.

단순히 그 크기 때문은 아니었다. 호수의 몬스터 때문이었다. 그중 그림자고래는 가장 강력한 장애물이었다.

지상이면 모를까, 호수 깊숙이 자리 잡고서 특이한 특수 능력으로 위를 지나가는 사람들을 공격하는 그림자고래 때문에 한동안 아센 호수는 미답지로 남았다. 어차피 그곳에 가지 않더라도 갈 곳은 많았으니까.

그러나 그건 시간문제였을 뿐이었다. 북쪽은 자연환경 때문에 탐험이 지연되고, 남쪽은 드래곤의 공포 때문에 탐험이 정체되자 자연스레 사람들은 시선을 동쪽으로 돌리게 된 것이다. 드래곤을 사냥하는 것보단 그림자고래를 사냥하는 게 나았으니까.

"중국하고 미국이 합작해서 잡았답니다. 참가한 사람 중에서 이름 있는 사람만 몇몇 나오는데 어마어마하더라고요. 블루베어 쪽에서도 참가했던데요."

"그럴 만하지."

화면에서 익숙한 얼굴들이 보였다.

"리우 신? 잠깐, 저놈도 그림자고래 사냥에 참가했었나?"

의외의 얼굴을 발견한 수현은 고개를 갸웃거렸다. 리우 신의 스타일은 스피드를 중시하는 근접전 스타일이었다. 그림자고래처럼 물속에서 돌아다니는 놈을 상대할 때는 상성이 맞지 않았다.

'아티팩트로 싸웠나?'

-이번 그림자고래 사냥으로, 미국 정부는 더 이상 아센 호수를 막는 몬스터는 없다고 발표했습니다. 이것으로 카메론의 동쪽 개발은 더욱 활발해질 것으로 보이며…….

　수현이 놀라지 않은 데에는 이유가 있었다. 그림자고래는 강력하고 위험한 놈이었지만, 과거에도 한 번 잡혔던 놈이었던 것이다. 드래곤과는 비교도 되지 않았다.
　"저런 건 팀장님께서 나섰어야 하는 건데."
　"아마 요청은 했을 거다. 한국 정부에서 안 들어줬겠지."
　드래곤 슬레이어 프로젝트 때문에 쓴맛을 제대로 본 한국 정부가 마법사를 순순히 내줄 리 없었다. 그림자고래가 아무리 드래곤보다 낮은 급이라고는 하지만 사고가 나면 죽는 건 마찬가지였으니까.
　"팀장님, 표정이 좀 이상하신데요."
　"내가 그랬나?"
　수현은 얼굴을 쓰다듬으며 표정을 원래대로 돌렸다. 저 소식을 보니 감회가 새로웠다. 그가 온갖 곳에서 구르기는 했지만, 아센 호수의 동쪽 지역인 아네스에서 굴렀던 건 잊을 수가 없었다.
　새로 열린 길은 언제나 기회의 땅이었고, 자연스럽게 경쟁이 따라왔다.

그리고 그런 곳에서는 언제나 분쟁이 생겼다.

'다들 바쁘게 머리를 굴리고 있겠군.'

새로 실적을 쌓으려는 사람, 이권을 만들려는 사람, 그리고 적을 노리는 사람까지. 지금 온갖 종류의 사람이 이 상황에 대해 생각하고 있을 것이 분명했다.

"회장님, 아네스 계획이 어떻게 되십니까?"

"다짜고짜 연락해서 한다는 소리가 그건가?"

"그거 말고는 딱히 할 말이 없군요. 참가자 명단에 블루베어 있는 거 봤습니다. 회장님이 그런 일에 안 끼셨을 리가 없겠죠."

"자네한테 말 안 해준 것 때문에 그러나? 미안하지만 그건 어쩔 수 없었네."

보안도 보안이지만, 회장은 드라고니아 분지 밑의 아티팩트를 더 탐냈다. 영생에 비교한다면 저 호수 밑에 있는 그림자고래 같은 건 일도 아니었다.

게다가 후자는 수현이 없더라도 잡을 수 있다는 계산이 선 놈이었다.

"서로 필요한 게 있어서 협력하는 사이니 그런 거로 화를 내지는 않습니다. 다만 아네스로 넘어가셨을 때 어떻게 움직이실지 궁금해서요. 서로 협력하는 게 좋지 않겠습니까?"

"서로 협력하자고?"

"예, 아네스 지역은 한동안 무법지대일 겁니다."

"미군도 그쪽에 진주할 텐데."

"회장님, 알 거 다 아시는 분이 왜 이러십니까? 호수 근처나 군대가 의미 있지, 더 안으로 들어가면 군대는 의미가 없어집니다. 다들 알아서 갈라져서 싸우게 될 텐데. 미리 손을 잡지 않는다면 분명 아쉬운 순간이 올 겁니다."

"아쉬운 순간이라."

회장은 팔걸이를 두드리며 생각에 잠겼다. 새로 열린 길 때문에 용병들이 아네스 지역으로 몰려들 거라고는 이미 알고 있었다.

블루베어 같은 회사가 그런 잡놈들을 두려워할 이유는 없었다. 두려워할 건 좀 더 정예화된 적이었다.

중국 쪽에서 비밀리에 공작을 벌이는 부대를 운영하고 있다는 건 이미 알고 있었다. 용병들보다는 국가 산업 시설을 더 노리는 놈들이라 이제까지 부딪힐 일이 적었지만, 아네스 지역에서는 이야기가 달라질지도 몰랐다.

그리고 수현은 그런 면에서는 프로 중의 프로. 이미 그가 쌓은 악연들은 회장도 잘 알고 있었다.

"어떻게 협력할 생각이지?"

"별거 없습니다. 서로 계획을 공유하고 만약의 사태가 닥치면 뭉치는 거죠."

회장은 피식 웃었다.

"좋아, 그렇게 하지!"

"또 리우 신이라고? 그놈이 활약하는 걸 내가 봐야겠나, 우샹카이!"

"죄송합니다."

"진뤄궁은? 그놈은 대체 이번 일에 왜 참여하지 않은 거지?"

우샹카이는 입술을 깨물었다. 진뤄궁이 처음 왔을 때만 해도 그는 기대에 부풀어 있었다. 손에 최강의 패가 그냥 생긴 셈이었으니까. 그러나 그 생각이 착각이었다는 걸 알게 되기까지는 별로 걸리지 않았다.

진뤄궁은 시한폭탄이었다.

성격도 더러운 놈이 완전히 제멋대로여서 통제가 불가능했다.

'원래 성격이 개 같다는 건 들어서 알고 있었지만, 이 정도

까지는 아니었잖나!'

아무리 능력이 뛰어나다고 하더라도 이런 식으로 미친놈은 조직 내에서 오래가지 못했다. 진뤄궁도 마찬가지였다.

우샹카이는 도저히 이해가 가지 않았다. 진뤄궁은 분명 성격이 더럽다고 하긴 했지만, 명령을 이렇게 멋대로 어기고 잠적하는 등 무책임한 놈은 아니었다. 그럴 정도라면 여기까지 올라오지도 못했다.

"멋대로 연락을 끊고…… 잠수를 타버려서……."

"그걸 말이라고 하냐! 그걸 관리하는 게 네 역할이다! 우샹카이. 너 뭔가 착각하고 있는 거 아니냐?"

우샹카이는 본능적으로 위험을 느꼈다. 지금 여기서 더 나아가면 상관은 그를 자를 것이다. 책임을 뒤집어씌우고.

"앞으로 최선을 다하겠습니다!"

"어떻게?"

"아네스 지역, 이번에 아네스 지역에서 제 능력을 보여드리겠습니다."

"네가 능력이 있었나?"

'개새끼.'

"하임켄의 오크들과 좋은 관계를 쌓은 건 제가 담당한 역할입니다!"

"그리고 파탄이 났지."

'신물이 갑자기 거기서 나타난 게 내 잘못은 아니잖아!'

우샹카이는 정말로 억울했지만, 지금 말할 상황이 아니라는 것 정도는 알고 있었다.

"아네스 지역의 이종족들과 접촉해서 우호적인 관계를 쌓고, 그 주변을 관리하겠습니다. 중화인민공화국의 새로운 터가 되도록!"

"그것도 좋고."

"……?"

"리우 신. 그놈도 처리해라."

"예……?"

우샹카이는 속으로 귀를 의심했다.

방금 그의 상관이 뭐라고 한 거지?

리우 신은 다른 파벌의 초능력자긴 했지만, 어디까지나 중국인이었다. 그가 만들어내는 이익은 중국의 이익이었다. 그런 놈을 상대로 공작을 벌이다니. 걸린다면 보통으로 끝나지 않았다.

"처리하라고요?"

"왜, 못 하겠나?"

상관의 눈빛에서 순간 위험한 빛이 번쩍였다.

우샹카이는 거절했다가는 그가 먼저 잘려 나갈 것이라는 걸 깨달았다.

'이건 협박이다. 이런 걸 나한테 말했다는 거 자체가……. 거절할 경우 정말로 매장당하겠군.'

"명령하신다면 따를 뿐입니다!"

"그래, 그래야 우샹카이지."

상관은 의자를 돌렸다. 우샹카이에게는 그의 뒷모습만이 보였다.

"아, 그리고."

"예?"

"방금 했던 대화는 없었던 거다. 실패할 경우……."

뒷말은 나오지 않았지만 충분히 알 수 있었다.

－네가 뒤집어써라.

"알겠습니다."

이를 갈며 우샹카이는 밖으로 나왔다.

그의 권한은 많이 축소된 상태였다. 그가 부릴 수 있는 건 몇 개의 공작 팀과 용병 팀, 그리고 진뤄궁의 팀.

'진뤄궁을 아네스로 데리고 가는 게 잘하는 짓인지 모르겠군.'

시작부터 주 전력을 빼고 갈 수는 없었지만, 진뤄궁은 진지하게 고민이 들 정도로 막장이었다. 자기 관리에 철저하고 타의 모범이 될 정도인 리우 신과 비교한다면 한숨만 나왔다.

'내가 뭘 잘못했나? 왜 나한테는 이런 놈이……. 이걸로 어떻게 리우 신을 처리해? 차라리 진뤄궁을 처리하는 게 낫겠다.'

구시렁대며 나오던 우샹카이는 순간 무언가가 머릿속을 스치고 지나가는 걸 느꼈다.

'김수현!'

"이거 놀라운데. 네가 먼저 연락을 할 줄은 몰랐어."

"나도 하고 싶지는 않았다. 하지만 너한테 줄 정보가 있어서 말이야."

"잠깐."

수현은 대화를 끊고 생각에 잠겼다. 우샹카이가 그에게 먼저 정보를 준다니.

"네가 나한테 정보를 준다고?"

"그렇지."

"왜지?"

"뭐? 왜냐니. 네가 협박했잖아, 이 새끼야!"

"뭐? 새끼? 오늘 내가 포르노 좀 유포해야겠네."

"아, 아니. 내가 잘못했다. 감정이 격해져서 그래. 내가 요즘 좀 힘들어서……."

"네가 힘든 건 관심 없고. 태도나 똑바로 해. 네가 네 상관 앞에서 힘들다고 욕을 하나?"

"……못 하지."

"그런데 내가 네 상관보다 못한 대접을 받아야 해? 태도 똑바로 해라."

"알겠다."

사방이 적이었다. 우샹카이는 이를 갈며 생각했다. 조만간 치과에 한번 갔다 와야겠다고.

"어쨌든…… 네가 협박했고, 난 하라는 대로 했다. 뭐가 불만이냐!"

"불만보다는 의문이지. 내가 먼저 묻지도 않았는데 네가 알아서 갖다 바치다니. 네가 그렇게 착하지는 않잖아?"

우샹카이는 움찔했다. 하지만 이런 상황에서 머뭇거리는 건 오히려 멍청한 짓이었다. 그도 만만한 사람은 아니었다.

"하! 그래. 그러면 그만 끊도록 하지. 네가 하도 협박을 해서 내가 괜한 짓을 했나 보군. 앞으로는 묻는 것만 대답하겠다."

그러나 우샹카이는 알지 못했다. 그가 상대하고 있는 게 누구인지. 수현은 그보다 몇 수는 위였다.

"센 척하지 마, 우샹카이. 끊는 순간 넌 포르노 스타다."

"……."

"성질 내는 거 보니 뭔가 원하는 게 있어서 먼저 연락한 게 맞군."

"아니, 그게 아니라……."

"부정하지 마. 내가 그렇다면 그런 거다. 네가 정말로, 정말로 순수한 마음으로 했을 수도 있겠지만, 내가 그렇다면 그런 거야. 네가 틀리고."

'뭐 이런 개새끼가 다 있지?'

"하지만 우샹카이, 도움을 원한다면 도와줄 수 있다."

"뭐?"

의심이 먼저 들었다.

수현같이 악독한 놈이 그를 왜?

"네가 나를 위해 정보를 빼돌리는데 나도 어느 정도는 도와줘야지. 네가 거기서 오래오래 머물러야 나도 오래오래 이익을 보지 않겠어?"

듣는 순간 납득이 됐다. 우샹카이는 속으로 한숨을 내쉬었다.

'그래, 긍정적으로 생각하자. 일단 도움은 될 거 아냐?'

우샹카이는 지금 그가 처한 상황을 빠르게 나열했다. 다들은 수현은 질문을 던졌다.

"진뤄궁한테 맡기는 건? 리우 신하고 맞먹을 정도의 초능력자일 텐데. 함정 몇 개만 추가하면 가능성이 있지 않나?"

"그놈? 그놈은 완전히 틀렸어. 맛이 갔다고. 그렇게 말을 안 듣는 놈을 어떻게 그렇게 조심스러운 일에 써먹겠나!"

'생각보다 더 효과가 좋군.'

수현은 고개를 끄덕이며 만족했다. 들어보니 진뤄궁의 상태가 많이 안 좋은 모양이었다.

"그래서 원하는 게 뭐지? 리우 신을 처리해 달라는 거였나?"

"리우 신이 어디로 가는지 말해주면 네가 처리할 줄 알았다."

"뭐, 괜찮은 방법이긴 하지. 그보다 상관 때문에 고민이 많은 것 같은데."

"누군들 아니겠나?"

"리우 신을 처리하려고 하지 말고, 네 상관을 처리할 방법을 생각해 봐."

"……?"

"리우 신을 처리한다고 위에서 널 안 쫄 거 같나? 상관한테 찍혔으면 그 상관을 엮어서 보내 버려."

"……!"

우샹카이는 순간 등에서 소름이 돋았다.

'이게 놈과 나의 차이인가?'

그는 어떻게든 상관의 명령을 잘 따라서 지금 상황을 벗어날 궁리만 하고 있었다. 속되게 말하면 소심하다고 할 수 있었다.

그러나 수현은 듣자마자 망설이지 않고 제안했다. 상관을 엮어서 보내 버리라고.

'상관을? 그 리허쥔을 보내 버리라고? 내가 그럴 수 있을까?'

그의 상관, 리허쥔은 카리스마 넘치는 사람이었다. 카메론의 중앙 개척부를 맡는 건 아무나 할 수 있는 게 아니었다.

그는 실적과 능력, 인맥으로 자리를 굳건하게 지키고 있었다. 당 내부와도 연줄이 있었고 분명 우샹카이가 모르는 몇몇 인맥도 있을 것이다.

"내가?"

"왜, 겁나나? 생각보다 겁쟁이였군."

원래 이런 속 보이는 도발에는 넘어가지 않았지만 상황이 좋지 않았다. 우샹카이는 발끈해서 대답했다.

"아직 결정하지도 않았다. 그리고 이런 건 원래 급하게 결정할 수 있는 게……."

"아, 아. 변명은 됐어. 궁금하지 않으니까. 이런 일에서 중요한 건 하나야. 할 거냐, 안 할 거냐."

"그러니까 급하게 결정할 수 있는 게 아니라고 했지 않나! 내 상관이 어떤 약점이 있고 어떤 힘을 갖고 있는지도 모르는 놈이 말해봤자 아무 의미도 없다!"

"우샹카이, 누구나 약점을 갖고 있다."

수현은 진지한 목소리로 말했다.

"네 상관이든 네 상관의 상관이든, 약점이 없는 사람은 없어. 높은 자리에 있는 사람은 더더욱 약점이 있을 수밖에 없지. 다들 숨기고 있을 뿐이야. 네 상관에게 너무 겁을 먹지 말라고. 네 상관이 누구였지?"

"리허쥔⋯⋯."

"리허쥔?"

수현은 재빨리 기억을 더듬어 보았다. 다른 건 몰라도 중국 쪽 인사에 관해서는 그도 나름 아는 게 많았다. 작전을 펼치기 위해서는 온갖 정보가 다 필요했던 것이다.

"카메론 성 정부 당위원회와 관계가 있는 사람 맞나?"

"거기와 관계가 있긴 한데, 그건 어떻게?"

"내가 말했을 텐데. 나도 나름 정보통이 있다고."

우샹카이는 말을 삼키고 우물거렸다. 대체 조직 내부에 어떤 배신자 놈이 수현에게 정보를 흘리고 있는 건지 알 수 없었다.

'나처럼 약점 잡힌 놈이 또 있나?'

"리허쥔, 리허쥔이라면, 분명……."

수현의 기억이 맞다면 내부 정치 싸움에서 밀려 쫓겨난 사람이었다. 리허쥔 정도의 위치면 일개 특수부대원한테 위협받을 위치는 아니었다. 그를 몰락시킨 건 다른 정적이었다. 그러나 지금 그렇게 내버려 둘 수는 없었다. 만약 그가 몰락한다면…….

'우샹카이도 같이 파벌로 묶여서 쫓겨나겠군.'

정치란 그런 것이었다.

"왜 말을 못 해?"

우샹카이는 초조해졌는지 되물었다.

"약점이 있을 거다."

"뭐? 정말로?!"

우샹카이는 진심으로 놀랐다. 대체 이놈은 어떻게 리허쥔의 약점을 알고 있단 말인가? 그의 상관은 그렇게 쉽게 약점을 잡힐 사람이 아니었다.

"무슨 약점인데?"

"그건 지금 말해줄 수 없지. 어쨌든 네 상관의 약점이 있다는 게 중요한 게 아니겠어?"

"……."

우샹카이는 잠시 침묵하다가 말했다.

"원하는 게 뭐냐?"

"그래, 이렇게 협조적이어야 서로 좋지."

"리우 신의 위치라면 나도 그렇게까지 자세하게는 알려줄 수 없어. 일반적인 거면 모를까, 그쪽도 우리를 싫어하니 정보를 알려주지는 않을 거야."

"걱정 말라고. 나머지는 알아서 할 테니. 그보다 지금 부탁할 건 진뤄궁이야."

"……?"

우샹카이는 이해가 가지 않았다.

"진뤄궁은 왜?"

"직접 만나게 해줘. 이번에 아네스 지역으로 넘어온다고 했지? 그러면 만나기 쉽겠군. 적당히 구실을 잡아서 만나자고. 호수 인근 기지에서 마주치면 뒷말도 없을 테니."

"아니, 그러니까, 왜?"

"우샹카이, 네가 지금 이유를 물을 처지인가?"

'개새끼…….'

우샹카이는 욕을 삼켰다. 수현의 말이 맞았다. 지금 그가 이것저것 가릴 상황이 아니었으니까. 그렇지만 할 말은 해야 했다.

"말했지만 놈은 시한폭탄이다. 널 만났다가 무슨 일이 생겨도 난 모른다고. 만약 다짜고짜 덤비기라도 하면……."

"공식적으로 항의해야겠군."

"그러니까 안 된다는 거잖나!"

그랬다가 책임을 지는 건 우샹카이였다.

"농담이야. 곤란한 거 아는데 그러겠나? 걱정하지 말라고. 내가 알아서 잘할 테니까. 정 못 믿겠으면 그때 자리에 같이 있으면 되겠네."

"뭐?"

우샹카이는 표정을 구겼다. 저 말인즉, 그가 진뤄궁과 같이 돌아다녀야 한다는 소리 아닌가. 정말로 하고 싶지 않은 경험이었다.

수현은 적이긴 했지만 냉정하고 질서 있는 놈이었다. 그에 비해 진뤄궁은 아군이어도 언제 터질지 모르는 불안한 폭탄이었다.

"그게 낫겠군."

"아니, 야, 잠깐만……."

"그러면 시간과 장소는 추후 알려주지. 어떻게든 데리고 나오라고."

"야! 야! 잠깐만!"

수현은 내답을 듣지 않고 끊었다.

'리허쥔이라.'

솔직히 중국의 거물은 수현도 건드리기가 쉽지 않았다. 우샹카이는 자기가 알아서 무덤을 판 것에 가까웠다. 역으로 말하자면 그런 짓을 안 한다면 수현도 약점을 잡기가 힘들다는 뜻이었다.

'약점이야 파면 나오겠지만, 그 정도 위치에 있으면 그런 약점 갖고는 흠집도 안 날 거고.'

떠오르는 방법은 하나였다.

이이제이.

미래에서도 그랬듯이 한번 해본 놈들한테 다시 시키는 게 가장 좋았다. 리허쥔의 정적들은 그를 정말 공격하고 싶어 할 것이다.

'문제는 우샹카이인데. 이건 미리 사전에 준비를 시켜놔야 하려나…….'

상관이 몰락하는데 그 밑이 책임을 피하는 방법은 많지 않았다. 가장 좋은 건 그 밑이 고발자가 되는 것이었다.

"손님이 오셨습니다."

"누구?"

"에단 스란달이라고 하셨습니다만……."

에단 스란달. 아메스 평야의 엘프들을 이끄는 부족장이었다. 수현은 고개를 끄덕이고 들어오라고 대답했다.

"오랜만이군."

영화배우처럼 잘생긴 엘프가 머리카락을 뒤로 쓸어 넘기

면서 안으로 들어왔다. 지나가는 사람들이 시선을 둘 정도로 그럴듯한 모습이었다.

"인간들의 도시는 볼 때마다 놀라워. 어떻게 이런 규모로 살 수가 있지?"

"적응하면 익숙해질 겁니다."

"이 넓은 땅이 다 자네 것인가?"

"비슷하지만 약간 다릅니다. 그보다, 무슨 일로 오셨습니까?"

"이번에 소식을 들었네. 아센 호수에 있던 그림자고래가 잡혔다며?"

"예."

"그러면 인간들도 그쪽으로 넘어가겠지?"

"그럴 겁니다."

"자네도 가나?"

"아마도요."

"잘됐군."

"……?"

수현은 에단이 무슨 소리를 하는지 몰라서 의아해했다.

"부탁이 있는데, 들어줄 수 있겠나?"

"무슨 부탁인지 먼저 들어보겠습니다."

"아무것도 안 내놓고 부탁할 생각은 아니네. 아는 엘프 부족이 있어. 거기에 가게 되면 거의 처음부터 다시 찾아서 돌아다녀야 할 텐데, 그 지역을 잘 아는 이종족이 있다면 꽤나 도움이 되지 않겠나?"

"아는 엘프 부족이 있었습니까?"

도움이 되기는 했다. 그보다 수현은 에단이 그 호수를 건너서 알고 지내는 부족이 있다는 것에 놀랐다. 이종족들은 원래 그렇게 서로 소통하고 지내지 않았다.

"내 형님이 그쪽에 계시지. 호수가 넓고 위험하긴 하지만 건너지 못하는 건 아니야."

"그야 숫자를 줄이고 배를 작게 하면 위험이 줄어들긴 합니다만."

"알고 있었군?"

이번에는 에단이 놀랐다. 수현이 그런 것까지 알고 있을 거라고는 예상하지 못한 것이다.

"별거 아닙니다. 그보다 무슨 부탁입니까?"

"딸을 그쪽에 맡기려고 하네."

"에이다를?"

"아니, 에렌딜 말이야."

에렌딜은 에이다의 여동생이었다. 에이다는 말투가 조금 특이한 거 빼고는 뛰어난 초능력자에 다른 능력도 괜찮았기에 기억에 남아 있었지만, 그에 비해 에렌딜은 별로 기억에 남아 있지 않았다. 수현이 좋다고 달라붙은 걸 빼고는.

'특이한 애긴 했지.'

"왜 맡기려고 하십니까? 거기가 가까운 곳도 아니고……."

"애가 아프네."

에단의 얼굴에 수심이 잡혔다.

"원인을 알 수가 없어."

"엘프 쪽 의사가 아닌 인간 쪽 의사에게…… 아니, 멍청한 소리를 했군요."

"그래, 이미 검사는 해봤네. 우리도 그 정도 능력은 되니까. 애가 밤만 되면 열이 심해지고 끙끙 앓는데 아무도 이유를 모르니……."

"아네스 쪽 엘프는 다릅니까?"

"내 형님께서는 그런 쪽 능력에는 탁월하시네. 엘프식 주술의 달인이시자 비전의 계승자셨지."

에단이 저렇게 말할 정도면 정말로 박식한 능력자일 게 분명했다. 엘프 쪽 주술은 약학에 대한 지식도 포함했다.

"그런데 왜 아네스 쪽으로?"

"형님은 좋게 말하면 현자, 나쁘게 말하면 괴짜 같으신 분이라, 사람들을 모으고 이끄는 것에는 전혀 관심이 없으셨거든. 아네스 출신 엘프를 만나서 결혼한 다음에는 그 주변 숲에서 살겠다고 하시더군. 거기가 명상하기 좋다고 하셨는데,

나도 사실 형님의 속은 잘 모른다네. 워낙 예전부터 알 수 없는 사람이었지. 그렇지만 능력은 확실하니, 믿고 맡길 수밖에 없어."

에단은 잠시 멈추더니 다시 말을 시작했다.

"마음 같아서는 내가 직접 데리고 가고 싶지만, 자리가 자리인지라 그렇게 오래 시간을 보낼 수가 없네. 그래서 부탁하는 거야. 괜찮겠나?"

수현은 살짝 감동했다. 딸을 맡길 정도면 그가 에단에게 꽤나 신뢰를 많이 산 모양이었다. 어차피 에렌딜을 데리고 가는 건 별로 어렵지도 않았다. 사람 하나 추가하는 일이었으니까.

그런 거로 현지에 대해 잘 아는 이종족들의 도움을 받을 수 있다면 몇 배로 남는 장사였다.

게다가 수현은 에단의 말을 듣고서 한 가지 욕심이 생겼다.

'엘프식 주술의 달인에 비전 계승자면…… 알고 있는 것도 많겠지?'

설마 동생의 딸을 데리고 온 사람한테 그렇게 박하게 대하지는 못하리라. 수현은 그가 많은 것을 알고 있기를 기대했다. 특히 수현이 궁금해하는 부분에 대해서.

"별로 어려운 일도 아니군요. 들어드리겠습니다."

"고맙네!"

"에렌딜은 언제 보내실 겁니까?"

"사실 같이 왔네. 자네가 거절할 것 같지는 않아서."

"……."

"에이다, 이야기 끝났단다!"

에이다가 에렌딜의 손을 잡고 어색한 표정으로 안으로 들어왔다. 수현은 뭔가 당한 느낌을 받았다.

"정말 믿고 맡기네. 잘 부탁하네."

에렌딜의 얼굴은 수척해져 있었다. 어린애 특유의 볼살도 느껴지지 않을 정도로 마른 얼굴은 누가 봐도 지금 앓고 있다는 걸 알게 했다.

그러나 수현이 주목한 건 다른 곳이었다.

"……!"

언제부턴가 상대방이 뿜어내는 초능력을 느낄 수 있게 되었다. 에이다나 에단은 지금 사용하지 않고 있어서인지 그렇게 강렬하지 않았지만, 에렌딜에게서 느껴지는 초능력은 그야말로 상상을 초월했다.

불로 표현한다면 주변을 전부 다 태워 버릴 것 같은 거센 불길이었다.

"잘 부탁하네. 루이릴 언니한테도 따로 말씀을 드릴 테니……."

수현은 순간 에렌딜이 앓고 있는 게 이 초능력의 강함 때문이 아닌지 의심했다. 강력한 초능력은 소모가 크고 몸에도 부담이 갔다. 아직 다 자라지 않은 어린애한테는 버거울 수도 있었다.

'그런데 맞다고 치더라도 해결 방안이 있나?'

몸을 단련하는 것밖에 없었는데, 초능력을 견딜 수 있도록 몸을 만드는 건 거의 선천적으로 타고나야 했다. 어지간한 훈련으로 되는 게 아니었던 것이다.

수현은 일단 고민을 멈추고 그한테 달라붙는 에렌딜을 떼어냈다. 볼 때부터 이 엘프 소녀는 신기할 정도로 그를 좋아했다.

'그래, 일단 그 형님이라는 엘프한테 물어보고 고민해 보자고.'

수현은 그렇게 생각을 정리했다.

"억지스러운 부탁을 들어줘서 고맙군. 그러면 가 보겠네."

에단은 혼자 밖으로 나가려 했다. 수현은 에이다를 쳐다보며 고개를 갸웃거렸다.

"안 나가나?"

"나는 에렌딜을 보살피는 역할을 맡았네만?"

수현은 잠깐 멈칫했다가 고개를 끄덕였다. 에이다는 충분히 1인분 이상을 하는 사람이었으니까.

"뭐, 나야 편하고 좋지."

수현은 적당히 준비를 하고 출발할 생각이었다. 원래 더 여유를 부려도 됐지만, 에렌딜을 데려다줘야 한다면 시간을 조금 앞당기는 것도 나쁘지 않았다.

그러나 손님은 이 둘이 끝이 아니었다.

"우리들도 아네스로 갈 생각이다."

"……어, 그래. 힘내. 열심히 해봐. 근데 그걸 왜 여기 와서 말하지?"

"이 자식……."

수현의 태도에 용병들은 이를 갈았다. 더 열 받는 건 저 태도가 정말 진심으로 몰라서 묻는 것 같았기 때문이었다.

컨택트, 대성, 삼두룡. 수현에게 신세를 진 용병 회사의 사람들이었다. 주원준에게 속아서 누명을 썼다가 수현 덕분에 풀려난 이들.

수현은 전력이 필요할지도 몰라 그들을 섭외해 뒀지만, 생각보다 수현의 성장이 너무 빨랐다. 굳이 그들을 동원할 일이 생기지 않았다. 덕분에 구해주고 나서도 부른 일이 없었다.

"도움이 필요하면 도와준다는 거다! 신세를 진 게 있으니까!"

"그래!"

"어…… 너희가?"

"……."

용병들의 얼굴이 사정없이 일그러졌다. 물론 그들이 객관적으로 보면 수현에게 조금 밀리긴 했다. 아니, 사실 많이 밀렸다.

그러나 세상일이라는 건 어떻게 돌아갈지 모르는 법이었고 그들 전력도 수현과 비교해서 밀리는 거지 나름 준수한 전력이었다.

누명을 쓰고 오지에서 고생한 대가로 정부는 꽤나 많은 보상을 해주었고 그들은 그 돈으로 다시 재무장했다. 준수한 초능력에 탄탄한 장비. 자신감을 가지지 않을 이유가 없었다.

재활도 끝냈으니 이번에 새로 열린 신세계에서 그들의 능력을 펼치고, 겸사겸사 수현한테 빚진 것도 갚으려고 온 것이었는데…….

"뭐 문제라도 있나?"

"아니, 없지."

수현은 순순히 고개를 끄덕였다. 생각지도 못한 사람들이 갑자기 나타나서 당황했던 것이었지 굳이 도움을 주겠다는데 안 받을 이유는 없었다.

"그런데 어떻게 도와줄 생각이지?"

"음?"

용병들은 서로의 얼굴을 쳐다보았다.

"위험한 일이 생겨서 우리 힘이 필요하면 도와준다거
나……."

"야, 잠깐, 잠깐."

말을 하던 용병을 다른 사람이 말렸다. 생각해 보니 이건
쉬운 일이 아니었다. 수현 정도 되는 사람에게 위험한 일이
생겨서 도움이 필요할 정도라면 그들이 끼어 봤자 별 의미가
없을 테니까.

"너무 위험한 건 말고, 그러니까 적당히 위험한…… 그런
일이 있으면 도와주겠다는 거지."

"그래, 그래!"

그들도 말해놓고 스스로가 민망했지만 어쩔 수 없었다. 괜
히 뱁새가 황새를 따라가려고 하면 다리만 찢어질 테니까.
미리 말을 해둬야 했다.

"한마디로 미해결 몬스터 처치 같은 일이 아니라 미개척지
탐사나 개척지 주변 일 같은 걸 맡겨달라 이거지?"

"……그렇지."

"잘 알겠으니 돌아가서 일 봐."

"우리가 절대 자신이 없어서 그러는 게 아니라, 괜히 맡
겼다가 실수라도 할까 봐……."

"알겠다니까."

용병들은 단단히 체면을 구기고 돌아갔다. 생각지도 못한 병력이 찾아와서 도와주겠다고 한 현상에 수현은 볼을 긁적였다.

'아주 손해 보는 짓은 아니었군. 원래 주원준 공격할 때 쓰려고 준비한 거였는데…….'

정부에서 직통으로 받은 보고서를 보며 수현은 생각에 잠겼다.

예상했던 것처럼 현재 아네스 지역은 온갖 놈으로 들끓고 있었다. 각국 정부들은 가장 그럴듯한 곳에 기지를 세우고 안정적인 개척을 시도하고 있었고, 그런 와중에도 탐욕스러운 용병들은 '인생은 한 방이다'라는 걸 몸으로 증명하듯이 달려 나갔다.

'혼돈이군, 혼돈이야.'

이런 상황에서는 무슨 일이 일어날지 몰랐다. 아무리 아네스 지역이 넓다지만 이익이 많이 나오는 곳은 한정되어 있었고, 서로 눈치싸움과 견제가 나올 수밖에 없었다.

치안을 위해 각국 군대가 앞으로 나왔다지만 그건 어디까지나 규모가 큰 분쟁에나 의미가 있었고, 아무도 안 보는 곳에서 일어나는 싸움까지 막아주지는 못했다.

'깃발 꽂기를 빨리 하려면 엘프부터 맡기고 와야겠군.'

그로부터 일주일 후, 수현과 팀의 움직임이 결정되었다. 몸조심해야 한다는 간곡한 부탁을 정부에게 들으며 수현은 움직였다. 저번처럼 발목을 붙잡고 말리려고 하지는 않았다. 이번 아네스 지역 개발은 그들에게도 이익이 되는 일이었던 것이다.

"이번에 오래 쉬면 집부터 살 생각이었는데."

"집?"

저 멀리 아네스의 기슭이 보이자 샤이나가 중얼거렸다.

"아주 호화롭게, 부지도 넓게 잡아서……."

"은퇴하려고?"

"아니, 아니! 용병 일 안 한다는 게 아니라!"

샤이나는 수현의 등을 탁 하고 쳤다.

"출퇴근한다는 거지! 왜 이상하게 알아들어!"

"그냥 물어본 거야. 그래서 대저택 만들어서 뭐하려고?"

수현은 찰스 회장이 갖고 있던 대저택을 떠올렸다. 부자들은 저렇게 크게 해놓고 뭐 어떻게 사는지 잘 상상이 안 갔다.

그리고 그건 샤이나도 마찬가지였다.

"일단 만들고 생각할 건데?"

"……그래, 대단하다."

"사람 없으면 다크 엘프들이나 부르지 뭐. 우리 쪽에서도 도시로 나오고 싶어 하는 애들은 있으니까. 인식이 워낙 안 좋아서 조심스러운 거지……."

"그 자나로벨 같은 애처럼?"

"걔는 빼자."

샤이나는 1초도 고민하지 않고 단호하게 말했다. 오자마자 달라붙을 걸 생각하니 골치가 아팠다.

"그래도 다크 엘프 인식 많이 좋아진 편이야. 길 가다가 시비 거는 사람도 없고. 아마 네 팀에 들어가 있다는 게 많이 알려져서 그런 거 같은데."

"예전에는 더 심했나?"

"별로 상관없었어. 길거리에서 욕먹으면 주변을 둘러보고 사람 없으면 패고 튀었거든."

"용케 문제가 안 생겼군."

"내가 그런 건 잘하거든."

샤이나가 악동 같은 미소를 지었다.

"욱, 우욱!"

"쟤는 왜 저래?"

루이릴이 얼굴이 새파래져서 걸어 나왔다. 귀가 축 처져 있었다. 옆에서 에이다와 에렌딜이 걱정스러운 표정으로 그녀를 부축하고 있었다.

샤이나가 루이릴을 보며 물었다.

"임신?"

평소라면 대번에 욕을 하며 싸웠을 테지만 루이릴은 그럴
기운도 없어 보였다. 고개만 흔들고 털썩 주저앉았다.

"멀미가 생각보다 심하군. 다 왔으니 조금만 참아."

"으으…… 일으켜 줘."

"애냐? 네가 에렌딜이냐?"

수현은 투덜거리면서 루이릴의 팔을 붙잡고 일으켰다. 그
걸 본 샤이나가 쯧쯧 혀를 찼다.

"저거…… 두고…… 보자……."

"말하는 거 보니 아직 상태는 괜찮나 보군. 네 몸조리나 해."

"조심해서 접근하는 게 낫겠군. 주변에 인간이 많아서 엘
프들도 신경이 날카로워졌을 테니까."

수현은 대원들을 둘러보고서 말했다.

"이종족도 이종족이지만 다른 용병들도 주의해라. 우리
얼굴 알아보면 아마 덤비는 놈들은 없겠지만 세상에는 기억
력도 나쁘고 겁도 없는 놈이 의외로 많거든. 뒤에서 따라붙

는 놈 있으면 바로 보고해. 견제 들어간다."

"예!"

용병들에게 이종족은 언제나 까다로운 존재였다. 17세기 정도였다면 협박하고 죽였겠지만 인류는 이미 그런 시기를 지난 상태였다.

이종족 상대 범죄는 중죄 중의 중죄였고 발각되는 순간 사형이나 무기징역을 각오해야 했다. 연줄이 없는 용병들은 그냥 이종족과 접촉을 하지 않는 게 현명했다.

엘프를 찾는 건 어렵지 않았다. 울창한 삼림지대로 들어가 몇몇 몬스터를 만난 걸 제외하면 장애물도 없었다.

"우리가 갔다 올게. 잠깐 기다리고 있어."

"괜찮겠어? 아무리 동족이라지만 다른 곳에 사는 부족이 잖아. 그냥 같이 가는 게 안전하지 않나?"

인간이 같은 인간이라고 해서 다른 인간을 공격하지 않듯이 이종족도 마찬가지였다. 이 정도 거리에서 지내는 부족은 사실상 남이었다.

지금 주변에 다른 용병들이 많이 돌아다니는데, 엘프라고 해도 오해를 살 수 있었다.

"괜찮아. 우리는 다르니까. 믿고 맡겨보라고. 가자, 에이다."

둘은 에렌딜을 수현에게 맡기고 나무 사이에 난 길로 걸어

들어갔다.

그리고 고함이 들렸다.

"……."

"저거 아무리 봐도 평화롭게 대화하는 것 같지는 않은 데요?"

루이릴도 지지 않고 소리를 지르는 것 같았다. 대충 들리는 것만 놓고 보면 '너희들 후회한다' 비슷한 내용 같았다. 수현은 한숨을 푹푹 내쉬었다.

"가자, 도와주러."

"인간들까지?! 역시 수상한 놈이 맞았군!"

"아니라니까! 에이럼 스란달 씨를 뵈러 왔다고! 친척이야!"

"어디서 그 이름을 들은 거냐! 믿을 수 없다!"

에이다는 난처한 표정으로 루이릴을 말리려고 하고 있었지만, 화가 난 루이릴은 엘프 전사들에게 단단히 따지고 있었나.

"그만해, 그만."

수현은 루이릴을 잡아당겨서 뒤로 보내고서 말했다.

"우리는 에이럼 스란달을 보러 온 거 맞다. 그의 동생 에단 스란달에게 부탁받았고, 여기는 그의 딸 에이다 스란달과 에렌딜 스란달이다. 믿지 못하겠다면 가서 연락을 해보도록. 우리가 한가한 사람이 아닌데 여기까지 엘프들을 데리고 와서 속임수를 쓰겠나? 영역 안으로 들어갈 생각 없으니 에이럼 스란달만 불러라."

"으, 으음……."

진중한 수현의 태도에 엘프 보초는 멈칫했다. 눈앞의 인간은 루이릴처럼 함부로 대해도 될 것 같은 느낌이 들지 않았다. 마치 부족장처럼 묵직한 분위기가 풍겼다.

거짓말로 보이지는 않았다.

용병들이 이종족을 함부로 대하지 못하는 것처럼 이종족도 용병들을 함부로 대하지는 못했다. 문제가 생기면 결국 인류는 인류의 편이었다.

"저기, 그런데……. 지금 에이럼 님을 뵙는 건 조금 무리입니다."

"저거 왜 수현한테는 존댓말이야!?"

뒤에서 루이릴이 울컥해서 외쳤다. 그녀도 처음에는 나름 공손하게 예절을 지켜서 말했지만, 저 엘프 보초는 다짜고짜 돌아가라고 축객령을 내린 것이다.

"왜지?"

"그분이 콜다라 숲에 들어가셨거든요. 한번 들어가시면

어지간해서는 잘 안 나오시는지라……."

"부르면 안 되나? 방해받는 걸 싫어하시더라도 가족 일이니 괜찮을 것 같은데."

"아뇨, 방해받는 걸 싫어하거나 그런 문제가 아닙니다. 콜다라 숲에는 저희들도 어지간해서는 들어가지 않거든요. 거기 자주 들어가는 건 에이럼 님 정도입니다. 워낙 괴짜, 크흠, 독특하신 면이 있으신 분이라……."

"우리가 직접 들어가서 찾는 건?"

"예?"

"허락을 받을 때까지 기다릴 테니, 가서 물어보고 와줬으면 좋겠군. 에이럼의 가족인 이 꼬마가 상당히 아프거든."

수현은 에렌딜을 가리키며 말했다. 엘프 보초는 아픈 곳을 찔린 표정을 지었다. 누구나 저런 아이의 고통에는 약했던 것이다.

"그러면 물어보고 오겠습니다!"

엘프 보초가 사라지고 나서, 샤이나는 의아하다는 듯이 물었다.

"그런데 왜 그렇게 친절해?"

"뭐가?"

"원래라면 바로 말에서 끌어 내린 다음에 협박하지 않았어?"

"……내가 언제 그랬어? 그리고 지금 상황은 그럴 상황이 아니니까. 괜히 척졌다가는 서로 골치 아프잖아."

"너 내 고향에서는 안 그랬으면서……."

"여기 엘프들이 내가 마시는 차에 독을 타면 그때부터 난리 칠 테니 걱정하지 마."

샤이나가 얼굴을 붉혔다. 확실히 다크 엘프들은 조금 너무했던 것이다.

"여기서는 얻어낼 것도 많고 물어볼 것도 많고……. 그런 상황에서 다짜고짜 팰 수는 없잖아. 이미지 메이킹을 해야지."

수현은 상황에 맞춰서 얼마든지 친절해질 수 있었다. 시간이 한 시간도 지나지 않았는데 엘프 보초는 바로 돌아왔다. 어찌나 급히 말을 몰았는지 말이 숨을 헐떡거렸다.

"여쭤봤는데 인원을 제한해서 안에 들어오면 괜찮다고 하셨습니다. 전부는 허락할 수 없다고……."

수현은 대원들을 둘러보았다. 인원을 제한한다면 그와 엘프 말고는 두고 가는 게 가장 좋았다.

"이 주변에는 강력한 몬스터도 없으니 안심하셔도 될 겁니다. 저를 따라오시죠."

"그러도록 하지."

말을 몰고 앞에서 길을 안내하는 엘프 보초를 보며 루이릴이 낮게 투덜거렸다.

"저거 진짜 이상한 놈이네. 왜 수현한테는 저렇게 친절해?"

"언니, 조용히."

뒤에서 그러거나 말거나 수현은 궁금한 걸 물어보았다.

"콜다라 숲은 어떤 곳이지?"

이 주변을 모르지는 않지만, 콜다라 숲은 들어보니 완전히 엘프의 영역에 속해 있는 곳 같았다. 그런 경우에는 인간들이 어지간해서 들어갈 수 없었다.

"좀…… 많이 위험한 곳이죠."

"몬스터 때문에?"

"아뇨, 몬스터는 괜찮습니다. 그 안에는 별로 위험한 몬스터도 없고……. 이 주변처럼요."

"……?"

수현은 이해가 가지 않는다는 표정을 지었다.

"그런데 왜 위험한 곳이야?"

"저희 사이에서 그 숲을 뭐라고 부르시는지 아십니까?"

"뭐라고 부르지?"

"환각의 숲, 망각의 숲, 광기의 숲……."

"……확실히 정신 건강에 좋은 숲 같지는 않군."

"네, 솔직히 에이럼 님이 그런 곳에 들어가는 것도 좀 말리고 싶습니다. 워낙 대단하신 분이라 아무도 말리지는 못하지만요."

"들어가면 환각을 보게 되나?"

"다양합니다. 환각을 보게 되는 사람도 있고, 심하면 미쳐서 나오는 사람도 있고……. 저희도 잘 들어가지 않아서 잘 모릅니다. 에이럼 님이 한번 이야기한 적이 있었는데, 콜다라 숲은 장소마다 다른 효과가 있다고 하시더라고요. 그걸 몰라서 너희들이 무서워하는 거라고."

수현은 찜찜한 기분이 들었다. 몬스터를 상대하는 게 차라리 낫지, 저런 곳에는 들어가고 싶지 않았다. 오히려 몬스터보다 더 까다로웠다.

52장
전조(3)

"······그냥 어떻게든 불러낼 수는 없나?"

"그게 저희도 방법이 없어서······."

엘프 보초가 곤란한 표정을 짓는 걸 보니 정말로 방법이 없는 모양이었다.

"밖에서 큰 소리를 내는 건?"

"안으로 조금만 들어가도 바깥의 소리가 안 들립니다."

"안 알려진 게 신기할 정도군."

"예?"

"아무것도 아니야."

엘프들의 영역 깊숙이 있지 않았다면 대번에 연구자들이 몰려들었을 정도로 특이한 곳이었다.

"기다리는 건?"

"음, 이 인원 정도면 저희가 공간을 내드릴 수는 있지 만⋯⋯."

엘프 보초는 머뭇거리다가 말을 이었다.

"원래 그분이 한번 들어가시면 보통 반년 넘게 안 나오실 때도 많거든요. 그것도 짧게 잡은 거고."

"그냥 에렌딜을 두고 갈까?"

말을 하자마자 에렌딜이 수현의 손목을 잡았다. 몸도 작은 게 어찌나 힘이 좋은지 놀랄 정도였다.

"알겠어. 알겠으니까 놔. 에이다, 애 좀 치워주겠어?"

"에렌딜, 착하다. 그래."

육체 강화 시술까지 받은 몸이 욱신거릴 정도라니. 수현은 진지하게 놀랐다. 초능력자는 초능력의 영향으로 신체 능력 이 향상되는 경우가 많기는 했지만, 그래도 그건 어디까지나 조금이었다.

'육체 강화 계열 초능력인가?'

에렌딜이 초능력자가 아닐 리는 없었고, 수현은 그렇게 생 각하며 손목을 문질렀다.

"언제 들어갔지?"

"한 달쯤 되셨습니다."

"기다리면 최소 5개월인가⋯⋯."

"그것도 짧다고 가정했을 때입니다."

"알아, 안다고."

수현은 골치가 아프다는 듯이 이마를 매만졌다. 사실 가장 좋은 방법은 에이다와 에렌딜을 여기에 두고 가는 것이었다.

보아하니 이쪽 엘프 부족이 사악해 보이지도 않았고, 거기에 주변에는 위험한 몬스터도 없었으니 안전에도 문제가 없었다.

그러나 에렌딜을 보니 바로 달라붙을 것 같았고, 거기에 수현도 에이럼을 만나보고 싶었다. 이종족의 지식에 해박한 사람은 만나려고 해도 만날 수 없는, 보물 중의 보물이었다.

'들어가야 하나?'

꺼림칙하기는 했지만 그렇게 위험하다고 생각되지는 않았다. 대부분의 엘프는 환각을 보고 겁에 질려서 나왔다고 했으니, 수현이 거기서 크게 다칠 거라고는 생각되지 않았다.

'한번 확인은 해봐야겠군.'

"도착했습니다."

엘프 보초는 아무것도 없는 공터에 멈춰 섰다. 공터라고 해도 나무 사이에 비좁은 공간 정도 있는 수준이었다. 아무리 생각해도 마을이 있을 것 같지는 않았다.

그러나 엘프 보초는 아무렇지도 않게 말에서 내려 나무에 걸쳐져 있는 밧줄을 잡았다.

"올라오시죠."

"······!"

나무 위에는 정말로 마을이 있었다. 지구의 나무보다 몇 배는 굵은 나무들은 그 위에서 사람들이 머물러도 아무런 흔들림도 보이지 않았다.

"아, 이런 식이었군."

확실히 모든 엘프가 아메스 평야의 엘프들처럼 평지에서 생활하는 건 아니었다. 하도 오랜만이라서 까먹고 있었다. 수현은 고개를 끄덕이면서 밧줄을 잡았다.

"오히려 이런 게 더 엘프 같기도 하군."

에이다와 루이릴이 동시에 귀를 움찔거렸다.

"그게 무슨 소리야? 엘프면 무조건 나무를 잘 타기라도 해야 해?"

"맞다. 오히려 나무 위에서 지내는 엘프가 이상한 거다. 대부분의 엘프는 지상에서 지낸다."

"알겠어, 알겠어."

생각보다 격한 반응이 돌아오자 수현은 놀라서 수긍했다. 루이릴이야 원래 저렇다지만 에이다까지 저럴 줄은 몰랐다.

"이쪽으로 오시죠."

"어디로 가는 거지? 콜다라 숲?"

"아뇨, 당연히 저희 부족장님을 뵙고 가셔야죠. 여러분이 들어와도 된다고 허락해 주신 분이십니다."

"부족장이 누군데?"

"제르웬 님! 모시고 왔습니다."

"제르웬? 제르웬이면……."

"아는 사람인가?"

"에이럼과 결혼한 사람 이름이잖아. 여기까지 데려다주면서 왜 그런 건 몰라?"

"내가 그걸 알아서 어디 쓸 것도 아니고, 모를 수도 있지."

루이릴과 수현이 티격태격하는 동안 안에서 엘프가 나왔다. 평범하게 생겼지만 어딘가 지혜로운 생김새였다.

"아, 저 둘이 에단 씨의 딸들이니?"

"네, 일단 그렇다고 합니다."

"일단 그렇다는 게 뭔데?"

루이릴이 투덜거렸지만 둘은 그녀를 무시했다.

"저 인간은?"

"아까 말씀드렸듯이 부탁을 받고 동행한 사람입니다."

"인간이? 신기하구나."

수현이 손을 들고 말했다.

"이제 말 좀 해도 됩니까?"

"하셔도 됩니다. 인간, 아, 이름이 어떻게 되나요?"

"김수현입니다. 괜찮으시다면 에이럼 씨를 만나고 싶은데, 불러주실 수 있으십니까?"

"이 애가 오면서 말해주지 않았나요?"

"했습니다, 제르웬 님."

"그런데 왜?"

제르웬은 고개를 갸웃거렸다.

"뭔가 다른 방법이 있을 줄 알았죠."

"있었으면 말했겠죠. 에이럼을 부르려면 안으로 들어가야 해요. 그리고 저를 포함해서 그 누구도 콜다라 숲에 들어가는 걸 좋아하지 않을 걸요."

"안에 들어가 본 적이 있으십니까?"

"예전에 에이럼과 같이 들어간 적이 있었죠. 에이럼이 하도 같이 가자고 부탁해서. 물론 그것 때문에 에이럼과 헤어질 뻔했지만."

"뭘 보셨기에?"

"거대한 거미를 봤었죠. 바로 나와서 다행이었지만. 에단 씨의 딸들이 왔는데 박하게 대접할 생각은 없지만, 미안해요. 콜다라 숲은 솔직히 들어가고 싶지 않네요. 기다리겠다면 집 하나를 내줄 테니 거기서 지내는 게 어때요?"

"기다릴 만큼 한가한 게 아니라서요. 이 애가 아픕니다."

"어머, 미안해요. 얼마나 급한 거죠?"

"그렇게 급한 건 아니다만……."

에이다가 말하는 순간 수현이 그녀의 등을 꼬집었다. 그녀가 눈물 고인 눈으로 어째서냐는 듯이 수현을 쳐다보았다. 루이릴과 달리 그녀는 이런 식의 대접에 익숙하지 않았다.

'편하게 갈 수 있었는데.'

"그러면 조금 기다려도 괜찮겠네요."

"그냥 안내나 해주시죠. 그러면 직접 들어가겠습니다."

"그러지 않는 게 좋을 텐데요."

제르웬은 진심을 담아서 말했다.

"우리는 괜히 인간을 다치게 했다는 누명을 쓰고 싶지 않거든요."

"그럴 일은 없을 겁니다."

"그건 저희가 보장하겠습니다."

에이다가 나서서 말했다. 그녀로서는 선의로 나선 수현이 오해를 받는 건 참을 수 없는 일이었다.

"수현은 우리 때문에 바쁜 시간을 쪼개서 도와주러 온 겁니다. 신의를 어기거나 할 사람이……."

"넌 그냥 가만히 있어라."

"……?!"

괜히 나서서 협상의 입지를 좁히고 있었다. 수현은 한숨을 내쉬며 에이다도 루이릴이 있는 쪽으로 밀어버렸다.

"뭐든 간에 괜찮다면 들어가겠습니다. 이쪽도 기다리기는 좀 그런 상황이니 말입니다."

"알겠습니다. 안내해 드리죠."

"이건 왜?"

"나중에 이걸 묶어줘서 정말 고맙다고 할 거예요."

특이한 색을 가진 밧줄을 허리에 묶고서 제르웬은 수현의 어깨를 가볍게 두드렸다.

"들어가서 뭔가를 본다면 놀라지 말고 숨을 들이쉬세요. 그건 실제가 아니라고 생각하면 괜찮을 거예요."

"그렇게 잘 아시면 같이 들어가 주시죠?"

"그게 그렇게 쉬우면 우리가 콜다라 숲을 왜 겁내겠나요? 안에 들어가면 판단이 흐려지니 그렇죠."

수현은 강인규의 저주를 떠올렸다. 이 숲은 저주와 닮은 효과를 갖고 있는 것 같았다. 들어오는 사람의 판단 자체를 흐리게 만들어서 환상을 보더라도 냉정하게 생각하지 못하게 하는 것이다.

'초능력이 강해지면 강해질수록 그런 면에 대해 저항력이 늘어난다고 하지만…… 잘 모르겠군. 사람이 상대가 아니라

숲이라서 더더욱.'

푸른색 나무들이 즐비하게 늘어져 있고, 그 사이로 좁은 오솔길이 있었다. 안은 소리 하나 들리지 않고 어두웠다.

"무슨 일이 생기면 그냥 이 밧줄을 잡고 달려 나오세요. 괜히 버티지 말고. 보통 여기서 크게 다치는 사람들은 버티는 사람들이거든요."

"충고 고맙습니다. 별로 도움은 안 될 것 같지만."

"힘내!"

"넌 입 다물고 저리 가 있어."

수현은 혼자 들어가기로 마음먹었다. 만약 환상을 보여주는 숲이라면 여럿이 들어가는 게 오히려 위험했다. 나타난 적을 공격했다가 아군이라도 친다면…….

수현의 초능력은 빗맞는다고 해도 치명적이었으니까.

"후…….."

안으로 들어가자 서늘한 안개가 수현을 맞이했다. 이 시간에 떠 있을 안개는 아니었다. 계속 숲 안을 맴도는 안개 같았다. 습기 찬 냄새가 코를 자극했다.

얼마 지나지 않아 수현의 모습은 숲의 어둠 속으로 사라졌다.

"음······."

수현은 솔직히 김이 빠지는 기분이었다. 그가 들어올 때만 해도 정말로 긴장하고 들어왔던 것이다.

여기 엘프들이 단체로 두려워하면서 들어가지 말라고 만류한 곳. 당연히 긴장할 수밖에 없었다.

그랬는데······.

'왜 아무것도 없어?'

수현은 들어온 시간을 확인했다. 한 시간이 넘은 상황. 아무리 그래도 뭔가 있어야 했다.

수현이 겁이 없다지만 두려워하는 건 있었다. 드래곤이 나오지는 않더라도 하다못해 제르웬이 봤다는 거미라도 나와야 하지 않는가.

'내가 너무 긴장해서 그런가?'

그렇게 생각하고 수현은 숨을 내뱉었다. 긴장을 푸는 순간, 눈앞에 드래곤이 나타났다.

"!!!!"

드래곤은 당장에라도 브레스를 내뿜을 것 같은 자세였다. 당황스러웠지만, 수현은 필사적으로 생각했다. 지금 이 상황에서 드래곤이 나올 리 없었다.

저건 가짜다.

그러자 드래곤이 사라졌다.

"……."

이쯤 되니 여기 있는 엘프들이 이상하게 여겨졌다. 이런 눈속임 때문에 이 숲을 겁냈단 말인가?

수현은 그가 대단해서 견뎌냈다고는 생각지도 않고 있었다. 덕분에 애꿎은 엘프들만 나약하게 취급받았다.

작은 샘을 지나, 그루터기를 지나…… 수현은 계속 걸었다.

"……!"

"대단하군. 두 번 만에 깨닫다니."

목소리와 함께 길이 바뀌었다. 방금 수현은 갔던 길을 다시 걷고 있었던 것이다. 수현은 눈썹을 찌푸리며 물었다.

"사람이 헤매고 있는데 보고만 있었나?"

"아니, 소리가 들려서 지금 막 온 참이었네. 자네가 막 '반복하는 길'에서 빠져나오고 있는 걸 보고 놀라고 있었지. 보통 눈치채지 못하거든. 나 말고 가장 빠른 게 한 30번 정도였나. 눈치 없는 놈은 100번을 반복해도 눈치를 못 채거든."

"당신은?"

수현은 목소리의 주인을 찾아 주변을 두리번거렸다.

"나는 처음 왔을 때 20번 정도 헤맨 것 같군."

"아니, 당신은 누구고 어디서 말하고 있냐고."

"아, 미안하네. 나는 에이럼 스란달이라고 하네. 혹시 알고 있나?"

"밖에서 듣고 들어왔지. 애초에 당신을 만나러 온 거기도 하고."

"나를? 무슨 일이 있나 보군."

"일단 밖으로 나오지그래? 안 보이는데."

"기다리게. 이게 나오고 싶어도 바로 나올 수 있는 게 아니라서……."

수현은 눈으로 보는 대신 저번에 깨달았던 감각을 떠올렸다. 초능력자의 초능력을 보는 감각으로…….

"나와, 이 사람아."

"……?!"

저 멀리서 멀쩡한 엘프가 기운을 내뿜으며 팔다리를 허우적거리고 있었다. 수현은 성큼성큼 다가가 그를 붙잡고 끌어냈다.

"보였나?!"

"보였으니까 붙잡았지."

"어떻게?!"

"예민한 감각으로. 그보다…… 에단의 형이라고?"

수현의 목소리에는 실망이 섞여 있었다. 에이럼은 생각

보다…… 못생겼던 것이다.

키는 위로 솟기보단 옆으로 퍼졌고, 외모는 거의 히피 수준으로 지저분했다. 수염은 언제 깎은 건지 알 수 없었다.

"어허, 사람을 외모로 판단하지 말라고."

"속마음을 읽었나?"

"자네처럼 말한 사람이 한둘이 아니라서 말이지. 그보다 좀 놔주겠나? 슬슬 아프군."

"아, 미안."

수현은 그를 내려놓았다. 그는 통통 튀듯이 착지해서 고개를 흔들었다.

"그래서 나를 만나러 왔다고? 에단이 인간과 나름 친하게 지내는 놈이긴 하지만 이런 가족 이야기까지 하지는 않는데. 정말 친한가 보군?"

"친하다기보다는 부탁을 받았지."

"부탁을 할 정도면 친한 거야."

에이럼은 무릎을 툭툭 털더니 물었다.

"그래서 무슨 부탁을 받았나?"

"에단의 딸이 많이 아파서 도움이 필요하다더군."

"에이다?"

"에렌딜."

"아, 에렌딜인가. 내가 그 여자랑 놀아날 때 분명히 말렸는데 말이지. 뭔가 이상하다고. 이제 와서 어쩔 수 없는 일이고 그 애한테 잘못은 없다만……."

"……?"

수현은 이해가 가지 않는다는 표정을 지었다.

"그게 무슨 소리야?"

"음? 몰랐나? 에이다와 에렌딜은 어머니가 다르잖나."

"……?!"

이게 뭔 출생의 비밀 같은 소리란 말인가.

"엘프가 외도를?!"

엘프도 사람인 이상 바람을 피운다고 해도 놀랍지는 않았지만 수현은 조금 충격을 받았다. 에단 같은 사람이 바람을 피웠다니.

"아니, 외도는 아니지. 내 동생이 사별한 지 좀 된 상태였으니까."

"……."

수현은 떨떠름한 표정으로 고개를 끄덕였다.

"그렇군. 그래서 상대는 누구였지?"

"그게, 몰라."

"……?"

"상대가 떠돌이 엘프였거든. 내가 괜히 말린 게 아니지. 언제나 말하는 건데, 세상에서 일어나는 문제의 절반은 잘생기고 예쁜 것들 때문이라고."

에이럼의 말에서는 악의가 느껴졌다.

"며칠 같이 지내다가 사라지고 나서 나중에 다시 아기를 데리고 나타났지. 그리고 다시 사라졌고. 그래서 누군지는 몰라."

"대충 무슨 소리인지는 알겠는데, 에렌딜을 치료해 주는 건 그것과 별개 아닌가? 부모가 뭔 상관이지?"

"상대가 혈통 좋은 참한 엘프 아가씨였다면 아프지도 않았을 테니까."

수현은 에렌딜이 아픈 이유를 떠올렸다. 그녀는 태생적으로 강력한 초능력 때문에 고통받고 있었다. 그러면 오히려 혈통이 좋아서 아픈 것 아닌가?

"알겠으니 일단 나가서 치료나 하라고."

"이봐, 말로 해도 되니까 목은 놔주겠나?"

수현이 목을 뒤에서 잡자 에이럼은 당황해서 말했다.

"또 사라지면 어쩌려고? 여기서 헤매는 건 사양이야. 나도 바쁜 사람이거든."

"사라지다니. 내가 왜 그런 짓을 하겠나?"

"방금 사라진 거 봤다."

"그건 사라진 게 아니라, 내가 사라져 있는 상태에서 자네가 와서 그런 거지. 그런데 어떻게 본 건가? 아무리 정신력

이 강하다고 하더라도 그걸 꿰뚫어 보는 건 전혀 다른 문제
인데."

"초능력으로 봤다."

"그렇군! 그러면 자네는……."

에이럼은 앞에서 걷다가 멈춰 서서 고개를 돌렸다. 그리고
수현을 빤히 쳐다보았다.

"마법사인가?"

"그걸 알 수가 있나?"

"내가 왜 현자로 불리는지 모르나 보군."

에이럼은 손가락을 흔들며 거만한 태도를 보였다. 술통 같
은 몸집으로 그런 짓을 하니 얄미움이 두 배였다.

"내 능력이 뭔지 아나?"

"뭔데?"

"나는 미래를 볼 수 있네."

"……!"

수현은 충격적인 표정을 지었다. 시간을 되돌리는 그의 능
력도 충격적인 능력이었지만, 미래를 보는 것도 충분히 충격
적인 능력이었다. 한 번도 본 적이 없는 사기적인 능력.

수현의 손이 꿈틀거렸다. 마음 같아서는 당장에라도 그를
붙잡아서 끌고 나간 다음 미래 예지기로 쓰고 싶었다.

에이럼은 수현이 무슨 생각을 하는지도 모르고 태연하게

말했다.

"물론 그렇게 대단한 건 아니야. 원하는 대로 볼 수도 없고, 구체적으로 볼 수도 없지. 정말 파편 수준으로 띄엄띄엄 떠오르는 수준이거든."

'쯧.'

수현은 속으로 혀를 찼다. 저 말을 들어보니 그가 원하는 미래 예지와는 거리가 있었다.

에이럼은 모르는 사이 자신의 목숨을 구했다는 걸 아는지 모르는지 계속 떠들었다.

"그래서 내가 이 숲을 좋아하는 거지. 파편으로 떠오른 영감을 맞추기에는 이 숲이 제격이거든. 아, 그런데 자네가 마법사인 건 딱히 미래를 봐서 맞힌 건 아니야. 그건 그냥 찍어 맞혔네. 자네가 드래곤의 상이어서."

"관상도 볼 줄 아나?"

수현은 비웃음을 흘렸다. 드래곤의 상이라니.

"엘프식 관상을 우습게 보지 말라고."

"드래곤의 상이라니. 그게 무슨 상이야? 진짜 드래곤을 보면 그런 소리 못 할걸."

"드래곤의 상이 뭔 소린지 모르나?"

"……?"

수현은 잠깐 멈칫했다가 대답했다.

"드래곤만큼 강력한, 뭐 그런 거 아닌가?"

"이래서 인간은……. 드래곤의 상은 그런 게 아니야."

"그럼 뭔데?"

"말 그대로 드래곤이 될 운명이 보이는 상이지."

"……???"

수현은 이해가 가지 않아 되물었다.

"드래곤이 되다니, 인간이 어떻게 드래곤이 돼?"

에이럼은 수현이 호기심에 차서 질문해 오자 씩 웃었다. 악동 같은 웃음이었다.

"궁금하지? 그래, 좋은 태도야. 이 에이럼 앞에서 모든 사람은 다 호기심 넘치는 꼬마가 되지. 궁금하면 더 공손하게…… 킥!"

"현자에다가 미래를 볼 줄 안다면서 상황 판단이 별로군."

수현은 바로 에이럼의 목을 잡아서 들어 올렸다.

"이 숲에는 지금 보는 눈이 있다, 없다?"

"어, 없다."

"그리고 내가 마법사면 너를 팰 능력이 있다, 없다?"

"이, 있다."

"이제 미래가 좀 보이나?"

"보여, 보여! 내려줘!"

쿵-

"컥, 컥. 이 폭력적인 인간 놈⋯⋯."

"난 별로 폭력적인 놈이 아니야. 나가서 물어보라고."

"뷋!"

"하던 이야기나 계속해 봐. 드래곤이 된다니 그게 무슨 소리지?"

"모르는 게 이상하지는 않지. 아는 놈이 거의 없으니까."

에이럼은 목을 문지르며 말했다.

"넌 드래곤이 어떻게 번식한다고 생각하나?"

"드래곤이 어떻게 번식하냐니. 수컷, 암컷이 서로 붙어서 새끼 낳는 거 아냐?"

"새끼 드래곤은 없어. 적어도 내가 알기로는."

"⋯⋯!"

"물론 드래곤 정도 되는 놈이라면 원한다면 새끼 정도는 마음대로 낳을 수 있겠지. 그렇지만 내가 본 자료들은 새끼 드래곤들이 커서 드래곤이 되는 것과는 거리가 멀었어."

"무슨 자료를 봤는데?"

"경지에 오른 마법사들이 어떻게 되는지에 대한 전설이지. 다른 놈들은 다 헛소리라고 비웃있지만 나는 김이 오더라고. 그건 진짜야. '그 마법사는 드래곤이 되어 날아가 버렸다네~' 이 전설 모르나?"

"이봐, 난 인간이라고."

"아차, 그랬지. 어쨌든 엘프 전설 중에는 드래곤이 되어버린 마법사에 관한 이야기가 자주 나와. 다크 엘프 전설에도 있고."

"어떻게 드래곤이 되는 거지?"

"그걸 내가 알고 있으면 이러고 있겠나? 드래곤이 되기 위해 연습하고 있었겠지. 마법사도 되기 힘든데 그중에서도 앞에 '대'가 붙을 정도가 아니면 그런 전설도 안 생기니까, 아무나 되는 건 아니겠지. 자네 상이 그런 상이어서 마법사가 아닌가 추측해 본 거야. 너무 신경 쓰지는 마. 내가 드래곤의 상을 한 열 명 넘게 봤는데 그중 드래곤이 된 놈은 한 명도 없었으니까."

"전부 마법사였나?"

"두 명 빼고는 마법사였지. 보통 마법사 정도 되면 그런 상으로 변하는 게 아닌가 싶은데 말이지. 어쨌든 그게 드래곤의 상이야. 나중에 혹시 드래곤이 될 일이 생기면 나한테 잘 좀 해달라고."

수현은 드래곤을 떠올렸다. 붉고 거대한 몸체로 무심하게 내려다보는 눈빛. 그게 이전에 사람이었다는 게 도저히 믿기지 않았다.

'이 엘프 놈의 헛소리 믿어도 되나?'

"그런데 내 초능력을 볼 능력이 있다면…… 에렌딜의 문제도 알고 있었을 텐데?"

에이럼은 그 모습과는 달리 예리했다. 수현은 그가 이미 에렌딜의 문제를 알고 있다는 걸 깨달았다.

"초능력 과다?"

"알고 있었군. 그런데 왜 말을 안 했나?"

"확신이 없어서."

"하는 행동치고는 자신감이 없군."

"그리고 안다고 해도 방법이 있나?"

"방법이야 뭐……. 잘 먹고 잘 자고 운동하는 것밖에 없지."

수현의 눈빛이 차가워지자 에이럼은 급하게 말했다.

"진짜야! 이거밖에 없는데 나보고 어떻게 하라고!"

"내가 기껏 호수 넘어와서 이상한 숲까지 들어와 헤맨 다음에 듣는 소리가 '푹 주무시고, 운동 좀 하세요'라면 어이가 없지 않겠어?"

"아니, 정말로 이거밖에 방법이 없어. 몸을 강화하는 보약 좀 지어줄 테니까 그거 먹고 계속 초능력을 사용해야 해. 몸이 튼튼해지면 그런 증상도 자연스레 없어질 테니까."

"에단한테는 왜 그렇게 말하지 않았지?"

"그놈은 바보라서 말을 해줘도 못 알아들어. 그냥 한 번에 치료해 줄 수 있는 약을 만들어 달라고 계속 난리를 치는데, 그게 가능해야 해주지!"

에이럼의 태도에는 확신이 보였다. 수현은 그 확신에서 에렌딜의 상태가 생각보다 심각한 게 아니라는 걸 느꼈다.

'다행이군.'

"그런데 나가고 있는 거 맞나?"

"처음 왔는데 길도 익혔나? 대단한데. 나가고 있는 거 아니야. 에렌딜이 왔으면 필요한 약초가 몇 개 있어서. 이 숲은 온갖 지혜의 보고지. 자네도 뭐 원하는 게 있다면 찾아봐."

"원하는 거라니?"

"헤어진 옛사랑의 얼굴을 보고 싶나? 그러면 저기 나무 사이를 지나서 호수로 들어가서 얼굴을 담가봐. 죽이고 싶은 원수가 어디 있는지 궁금하면? 그럴 때는 저 그루터기에 앉아서 붉은 새가 올 때까지 기다리면 되지. 시간을 잊고서 운동 좀 하고 싶다면 아까 자네가 빠져나온 길로 가면 되네. 물론 몸 상태는 확실히 체크해야겠지. 거기서 굶어 죽은 놈도 있거든."

에이럼은 숲에 대해서 지식을 줄줄 늘어놓았다. 어차피 별 관심도 없었던 수현은 귓등으로 흘려듣다가 멈칫했다.

"죽이고 싶은 원수가 어디 있는지 알아낼 수도 있나?"

"저 그루터기에 앉아서 붉은 새를 기다리면 되지."

"그러면?"

"물어보면 새가 대답해 줄 거야."

"……."

"진짜야!"

"거짓말이면 그 원수 목록에 네가 추가된다."

"진짜라고, 이 자식이 속고만 살았나!"

에이럼은 투덜거리며 말했다.

"난 약초 찾아서 올 테니까 저기에서 기다리고 있으라고."

수현은 반신반의하는 기분으로 그루터기 위에 걸터앉았다.

그러나 몇 시간이 지나도 붉은 새는 나타나지 않았다.

'죽일까?'

에이럼에 대한 살의가 치솟던 도중 문득 떠오르는 게 있었다. 아까의 환각도 그가 정신을 집중하고 있었을 때에는 나타나지 않았었다. 그렇다면…….

수현은 집중을 풀었다. 그러자 주변이 안개가 낀 것처럼 흐릿해지더니 붉은 새가 나타났다.

"뭐가 궁금한가?"

"……!"

"뭐가 궁금한가?"

앵무새 같은 억양. 그러나 수현은 흥분해서 물었다.

"내가 과거로 오기 전에 나를 폐인으로 만든 놈들은 누구지?"

두 번 당하지 않기 위해 치열하게 사는 건 좋았다. 덕분에 수현은 더 이상 쉽게 건드릴 위치에 있지 않았으니까.

　문제는 그 때문에 원수도 찾기 힘들어졌다는 점이었다.

　예전과 상황이 다르니 원수들도 그를 건드리지 않을 것이고, 이미 과거로 돌아와 버렸으니 조사하기도 힘들었다.

　"질문은 긍정과 부정으로만 대답할 수 있다."

　"뭐? 이런…… 잠깐, 잠깐만!"

　마음이 급해졌다.

　"내가 과거로 오기 전에 폐인이 된 건 중국과 관련이 있는 일이었나?"

　"그렇다."

　"……!"

　수현은 문득 떠오르는 게 있어서 다시 물었다.

　"한국과도 관련이 있는 일이었나?"

　"그렇다."

　"설마 둘이 협력했나?"

　"그렇다."

　"이런 개새끼들이……."

　욕이 절로 나왔다. 그러나 이성을 잃을 만큼 분노하지는 않았다. 마음속 어딘가에는 이미 의심을 하고 있었던 것이다. 그렇게 의도적인 상황이 만들어지려면 혼자서는 힘들었다.

"이중영은 거기 있나?"

"그렇다."

'죽일 놈 하나 추가하고.'

갑자기 밖에서 에이럼의 목소리가 들려왔다.

"붉은 새와 이야기하고 있나?"

"……!"

"답을 예, 아니오로만 해서 불편하면 다른 방법이 있어. 마지막으로 물을 테니 진솔하게 대답해 달라고 해봐. 그러면 예, 아니오가 아닌 답이 나올 테니까."

수현은 그렇게 했다.

그가 선택한 질문은 '지금 그놈들이 가장 많이 있는 곳은 어디지?'였다.

"저승."

붉은 새는 대답하고 날아가 버렸다.

"???"

"어때, 효과가 있었나?"

에이럼은 팔 사이에 잔뜩 약초를 안고서 수현을 쳐다보고 있었다.

"대화하는 걸 못 들었나?"

"그건 자네 안에서 대화하는 거라 내가 들을 수가 없는 대화야. 그래서 도움이 됐나?"

"다시 불러와야겠어."

"무리야. 한 번 하고 나면 한동안은 안 돌아온다고."

"한동안이 언제지?"

"길면 몇십 년. 짧으면 몇 년?"

"이런 젠장……. 그걸 먼저 말하라고!"

"잠, 잠깐! 폭력 반대!"

수현은 복잡해지는 머릿속을 정리하기 위해 눈을 감았다. 기껏 적을 찾을 방법을 얻었는데 너무 어처구니없게 날려 버린 것 같았다.

'그보다 저승이 뭐야? 죽었다는 거지?'

그의 원수 중 가장 많이 있는 곳이 저승이라니. 꽤나 많은 숫자가 죽었다는 것 아닌가. 수현은 이해가 가지 않았다. 아무리 그래도 왜 멀쩡한 놈들이 다 죽어 있단 말인가.

'내가 건드려서 바뀐 건가? 아니, 아무리 그래도 그렇게 쉽게 죽을 놈들은…….'

"더 할 거 없으면 슬슬 나가지 않겠나? 약을 만들려면 시간이 좀 걸려서 말이야."

"약을 만들 때 방해하기는 싫으니 지금 물어보지. 혹시 이게 뭔지 아나?"

수현은 투명한 구슬을 꺼냈다. 예전에 얻어놓고서 아직도 정체를 확인하지 못하고 있는 물건이었다. 초능력을 흡수하는 걸 보니 예사로운 물건이 아닌 건 분명한데, 알아낼 방법이 없었다.

에이럼은 그걸 보고 고개를 갸웃거렸다.

"이게 뭐지?"

"……됐다. 밖으로 가자."

"아니, 물어봤으면 끝까지 설명을 해줘야지!"

에이럼은 어이가 없어 하면서도 수현에게 더 묻지는 않았다. 수현이 언제든지 그의 목을 조를 수 있다는 걸 깨달은 것이다.

숲을 걸어 나가면서 수현은 생각에 잠겼다.

이 숲이 흥미롭기는 했다. 아직 그가 모르는 것들이 더 있을 것 같기는 했지만, 지금은 일단 밖에 나가서 에렌딜을 위한 약을 만들어줄 때였다.

'숲은 나중에 시간이 나면 좀 더 찾아보자. 지금은 그럴 때가 아니니까.'

에이럼은 생각보다 아는 게 없었다. 수현은 에이럼이 그의 질문에 대한 답을 갖고 있기를 원했었지만, 세상일은 그렇게 간단하게 풀리지 않았다.

물론 숲에서 원수들에 대한 걸 듣게 된 건 생각지도 못한 수확이었지만…….

'저승에 있다는 건 무슨 소리야, 대체?'

그가 뭘 해보기도 전에 다 죽어 있다는 게 기분을 묘하게 만들었다.

숲에 대한 건 미루기로 했으니, 이제 더 물어볼 건 드래곤에 관한 이야기 정도였다. 에이럼은 드래곤에 대해 꽤나 박식한 것 같았다.

'그런데 이걸 말해도 되는지 모르겠군.'

딱히 비밀은 아니었지만 왠지 모르게 거부감이 들었다. 정부 관계자나 아는 사람들은 다 알고 있었지만, 이상하게 에이럼한테 말하고 싶은 기분이 들지 않았다.

"잠깐. 드래곤에 관해 하나 더 묻고 싶은 게 있는데."

"뭐지?"

수현은 드래곤과 있었던 일들을 에이럼에게 설명했다. 이야기를 듣던 에이럼의 표정이 기묘하게 변했다. 수현은 그제야 왜 별로 말하고 싶지 않았는지를 깨달았다.

에이럼의 태도를 봤을 때 그가 이런 이야기를 어떻게 받아들일지 말하지 않아도 짐작이 갔던 것이다.

"그런 환상을 봤나?"

"여기서 본 게 아니라 실제로 경험했다고."

"그래, 그래. 일단 숲에서 나가자고. 숲에서 나간 다음 맑은 공기를 마시면⋯⋯."

수현은 에이럼의 목덜미를 잡아서 내동댕이쳤다.

"억!"

"이제 좀 들을 생각이 드나?"

"아니, 이 미친 인간 놈은 자기가 환상을 봐놓고 왜 나한테 화를 내는 거야! 힘 좀 세고 마법사면 다냐?"

"다라고 하면 어떻게 할 거지?"

"어⋯⋯ 그러게. 사실 그게 다긴 하지!"

수현이 한 걸음 다가오자 넘어진 채로 있던 에이럼은 바로 현실 파악이 된 모양이었다. 급하게 통통한 몸을 일으키고서 대답했다.

"자자, 일단 진정하고⋯⋯."

"나는 아까부터 진정한 상태야. 그러니 내가 겪은 일이나 어떻게 된 건지 생각해 봐."

"자, 인간 놈아. 내 이야기부터 들어봐. 내가 젊었을 때는 정말 얼굴로만 먹고사는 놈이었거든? 어느 정도였냐면 한 엘프 마을에 있던 처녀들이 내 얼굴만 보고서 단체로 상사병에 걸려서 다 앓을 정도였어. 한때는 오크 전사들을 만났는데, 그놈들도 내 얼굴을 보고 감탄해서 나를 그냥 건드리지 않고 놔주더라고."

에이럼은 말을 멈추고 수현을 쳐다보았다.

"어떻게 생각하냐?"

"무슨 미친 개소리를 하고 있나 싶은데."

"……그게 지금 내가 느끼는 감정이다, 이 자식아!"

수현의 손이 올라가자 에이럼은 급하게 추가 설명을 달았다.

"드래곤이 너를 안 건드렸다는 게 그 정도 소리라고!"

"대충 이해는 했다."

에이럼은 갑자기 슬퍼졌다. 딱히 그의 외모 때문은 아니었다.

"드래곤에 대한 이야기는 다 다양하지만 그래도 그중에서 몇 가지 공통점이 있다. 그중 하나가 침입자에 대한 공격성이야. 인간 쪽에선 드래곤을 만난 다음 살아 돌아온 놈에 대한 이야기가 있나?"

"내가 알기로 없지."

"그렇지? 그 정도로 드래곤은 침입자에 대한 엄격한 놈이야. 네가 지금 여기 숲에 있어서 착각을……."

"헛소리는 거기까지만 하고. 그렇다고 가정을 하고 생각을 해봐. 아무리 가능성이 희박한 일이라고는 하지만, 이미 일어난 일을 일어날 수 없는 일이라고 우길 수는 없잖아. 드래곤이 왜 그냥 간 것 같나?"

수현은 조금도 흔들리지 않는 눈동자로 진지하게 말했다. 계속 수현이 겪은 경험을 부정하려던 에이럼도 그 눈동자를 보자 말을 멈췄다. 저건 숲의 영향을 받는 사람의 눈동자가 아니었다.

'하긴, 생각해 보니 이 인간은 다른 환각도 잘 통하지 않았었지?'

엘프 중에서도 보기 드문 마법사이니 이런 것에 대한 저항력이 차원이 다를 것이다. 에이럼은 고개를 끄덕이며 입을 열었다. 그의 기세는 한풀 꺾여 있었다.

"드래곤이 그냥 갈 만한 이유는 도저히 떠오르지 않는데. 그런 비슷한 사례도 없고. 굳이 억지로 이유를 만들자고 하면 결국 원론적인 이야기밖에 남지 않아."

"원론적인 이야기?"

"드래곤이 너를 공격하지 않을 만한 이유가 있는 거지. 드래곤이 정말 강하고 괴물 같은 놈이지만 결국 살아 있는 놈이잖아. 네가 정말 취향이라서 내버려 두고 갔다든가……."

수현의 눈빛이 가라앉자 에이럼은 가슴을 치며 외쳤다.

"더 이상은 뭐 나오지도 않아! 내가 현자라고 모든 걸 알 거라고 생각한 거냐?"

"적어도 궁금한 거에 대해서 대답은 좀 해줄 줄 알았다.

됐다. 나가기나 하자고."

밖으로 나온 수현은 분위기가 이상하다는 걸 깨달았다. 겉보기에는 전혀 다른 게 없었지만, 전장에서 단련된 수현의 감각은 그 이상의 것을 잡아낼 수 있었다.

이건 피 냄새였다.

"무슨 일이 있나 보군."

"나오셨나요?!"

제르웬은 소리를 듣고 다가왔다가 둘을 보고 놀라서 말했다.

"세상에. 생각했던 것보다 더 대단한 사람이었군요. 콜다라 숲에 들어가서 멀쩡히 걸어 나오다니."

"제르웬, 무슨 일이야? 당황한 것 같은데."

에이럼은 투실투실한 볼을 긁적이며 물었다. 제르웬은 그제야 정신이 든 것 같았다. 그녀는 급하게 에이럼의 팔을 잡아채며 말했다.

"마침 잘 데리고 나왔어요. 당신의 힘이 필요해요."

에이럼이 뭐라고 말하기도 전에 둘은 제르웬에게 끌려갔다.

나무 위로 올라가며 수현은 에이럼을 한심하다는 듯이 쳐다보았다. 아무리 살이 쪘다지만 엘프가 나무 하나 제대로 타지 못하고 헉헉거리다니……

"그렇게 쳐다보지 말고 도와주기나 해! 지금 내 능력 필요한 거 안 보여?"

"널 필요로 하는 걸 보니 별로 급한 상황 같지는 않은데."

"……!"

수현은 말과 함께 염동력으로 에이럼을 들어 올렸다. 에이럼은 눈이 휘둥그레져서 수현을 쳐다보았다.

"염동력도 쓸 줄 알았나?"

"그거 말고도 재주가 수십 가지는 넘지."

사람을 이렇게 쉽게 들어 올릴 정도의 염동력은 희귀했다. 에이럼은 내심 감탄했다. 인간의 기술력은 인정하고 있었지만 초능력은 아직 엘프에 비해 멀었다고 생각하고 있었는데, 벌써 이 정도의 초능력자가 나온 것이다.

"지금 그렇게 여유 부릴 때가 아니에요, 당신! 빨리 와요!"

"어, 어? 미안. 지금 갈게!"

방금 대화로 둘의 관계가 어떤지 알 것 같았다. 수현은 그렇게 생각하며 뒤를 따랐다.

"이건……."

"꽤나 지독하군."

그들을 맞이한 건 부상자들이었다. 다친 정도는 다양했지만, 모두가 표정을 고통으로 일그러뜨린 채 신음하고 있었다.

"에이럼 님……."

"말하지 마라! 곧 약을 만들어줄 테니까!"

아까까지만 해도 무사태평하던 에이럼도 이런 상황에는 꽤나 당황한 것 같았다. 바로 약초를 내려놓고 달려 나가려 했다.

그러거나 말거나 수현은 제르웬에게 물었다.

"어디서 다친 겁니까? 몬스터는 주변에 없을 텐데. 설마 인간입니까?"

"아뇨, 오크입니다. 요즘 조금 말이 많기는 했지만 이렇게 노골적으로 분쟁이 터질 거라고는 생각 못 했어요."

수현은 다친 엘프들에게 다가갔다. 날카로운 것에 베이고 찔린 상처와 초능력에 당한 것 같은 특이한 상처들이 보였다. 다행히 다들 생명에 지장은 없어 보였다.

"잠깐, 뭐 하시는 겁니까? 다친 사람들한테 다가가

면……."

수현은 손을 뻗어 오랜만에 치유 능력을 사용했다. 초능력이 강해지고 나서 치유 능력도 마찬가지로 강해졌다. 엘프들의 상처가 마치 시간을 되돌리는 것처럼 빠르게 아물었다.

"……!"

제르웬의 눈동자가 흔들렸다. 같이 온 엘프들이 강하다고 말은 했지만 이 정도의 초능력자일 거라고는 생각지 못했다.

1분도 지나지 않아 부상자들이 모두 회복되었다. 수현은 땀 한 방울 흘리지 않았다. 그는 제르웬을 보며 물었다.

"그나저나 나와 같이 온 엘프들은 어디 있지?"

"저 안쪽에서 쉬고 있…… 아니, 도대체 어떻게?"

"치유 능력 말인가? 엘프 중에도 있기는 할 텐데?"

"있고 없고의 문제가 아니라……."

제르웬은 말을 머뭇거렸다. 수현처럼 저렇게 제약이 없듯이 치유를 해버리는 초능력자는 없었던 것이다.

"많이 기다렸나?! 일단 임시로 약을 만들어 왔어!"

숨을 헐떡이며 에이럼은 약을 들고 달려왔다. 사라진 지 얼마니 됐다고 그새 상처에 듣는 약을 인원수에 맞춰서 만든 것이다. 급한 대로 서두르기는 했지만 대단한 솜씨였다.

그러나 그 솜씨도 지금은 의미가 없었다.

"어?"

"사람 말을 다 듣고 가지 그랬나. 내가 치료했다."

"……??"

수현은 손을 펴서 초능력을 보여주었다.

"염동력에 치유 능력까지?!"

"재주가 수십 가지는 넘는다고 했을 텐데."

에이럼은 주변을 둘러보았다. 아까까지 죽을 것 같은 표정
으로 누워 있던 엘프들이 어색한 표정으로 그를 쳐다보고 있
었다. 그가 기껏 만들어 온 약들이 초능력 하나에 그냥 묻혀
버리다니. 왠지 모르게 굴욕적이었다.

"일이 줄어서 고맙지? 그러면 바로 에렌딜한테 가자고. 나
도 급한 몸이라서."

"……."

"체력이 소모되어서 지치지는 않나?"

"멀쩡한데."

"착각일지도 몰라. 콜다라 숲에 있다가 나와서 느끼지 못
한 걸 수도 있다고. 숲은 감각을 마비시키거든."

"별거 아니던데. 여기 엘프들은 지나치게 겁이 많더군."

에이럼은 울컥해서 수현을 쳐다보았다. 보통 엘프들은 겁

근도 하지 못하고, 그도 이 숲에서 제대로 돌아다닐 수 있기까지 몇 년이나 시행착오를 겪어야 했다.

"치유 능력이라고 무조건 좋은 건 아니야. 물론 급할 때는 어쩔 수 없지만, 빠르게 치유되면서 엄청난 고통을 주거든. 생명에 지장이 없을 때는 그냥 자연스럽게 회복시키는 게 나을 때도 있다고."

에이럼은 어떻게든 치유 능력의 흠을 잡으려고 했다.

"아, 내 건 고통 없어."

"……?!"

"원래는 있었는데, 초능력이 성장하면서 그런 증상이 사라졌어."

'%&@$&(@…….'

엘프의 고전 욕을 속으로 읊으며 에이럼은 움직였다. 밖에서 멍하니 있던 루이릴은 둘이 다가오는 걸 보고 반갑게 맞이했다.

"루이릴, 오랜만이구나!"

"오랜만이에요, 에이럼 씨."

능숙하게 가면을 쓰는 루이릴을 보자 수현은 문득 궁금해졌다. 루이릴이 한 장대한 도둑질들을 알고 있는 엘프들이 있을까?

"당연히 없지! 미쳤어?!"

"하긴, 그것도 그런가."

루이릴은 작게 속삭였다. 아까 보여주던 표정은 온데간데 없었다. 그녀는 초조하게 말했다.

"너 설마 말하려는 건 아니지? 진짜 그러면 안 된다?"

"내가 그걸 말해서 뭐하겠어. 걱정하지 마."

그러는 동안 에이럼은 진단을 끝내고 있었다. 그는 고개를 끄덕이면서 일어섰다.

"내가 생각했던 대로야. 너무 강력한 초능력이 문제군. 약을 지어줄 테니 먹으면서 훈련하는 수밖에 없어. 에단한테는 꼭 제대로 전해달라고. 놈은 바로 효과가 있는 약은 없다고 말해도 들어먹지를 않으니⋯⋯."

"감사합니다, 에이럼 백부님."

"너도 고생이 많다."

상황이 대충 정리된 것 같자 수현은 아까부터 궁금했던 걸 묻기 위해 에이럼의 어깨를 잡았다.

"뭐야? 나 약 만들러 가야 해."

"그래, 가면서 대답하면 되겠군. 이 주변에 무슨 문제라도 있나? 오크하고 분쟁이라니?"

이 주변에서 돌아다니는 용병들만 해도 정확한 숫자를 파악하기 힘들 정도였다. 호전적인 오크들이 있다면 분명 충돌이 일어날 것이다. 알아놓을 수 있다면 미리 알아놔야 했다.

"흔한 이야기야. 떠돌이 오크 부족이 주변에 흘러들어왔다더군. 원래 떠돌이들은 이곳저곳에 문제를 일으키잖나? 나무부터 시작해서 뺏겠다고 시비를 걸어대니 이렇게 문제가 생기는 거지. 신경 쓸 거 없어. 제르웬이 다 알아서 할 테니까."

"기둥서방?"

"누, 누, 누가 기둥서방이야?! 내 능력 못 봤어?"

"아, 미안. 별생각 없이 나온 말이라서. 신경 쓰지 말라고."

"할 말은 다해놓고 신경 쓰지 말라니⋯⋯."

에이럼은 투덜거렸지만 더 이상 뭐라고 하지는 않았다. 수현이 그만큼 겁났던 것이다.

"특이하군. 이 주변도 떠돌이 부족이 있나? 그런 건 좀 척박한 곳이나 그런 줄 알았는데."

"내가 오크 놈 속마음을 어떻게 알아? 궁금하면 가서 물어보든가."

"좋은 생각이야."

"⋯⋯?!"

53장
지역 분쟁(1)

에이럼은 걸음을 멈추고 수현에게 시선을 돌렸다.

"뭐가 좋은 생각이라고?"

"가서 물어보는 게 좋은 생각이라고."

"너 뭔가 착각하는 거 같은데, 상대가 누군지 알고 있는 거 맞지? 오크에다 떠돌이 부족이라고. 우리처럼 신사적인 놈들이 아니야. 수틀리면 협정이고 뭐고 바로 덤빈다니까?"

카메론의 모든 이종족이 분노 조절을 잘하는 건 아니었다.

엘프 같은 경우는 개척 초기부터 인류의 동맹 역할을 해온 대표적인 온건파였지만 그중에서도 인간을 싫어하는 부족은 있었다.

정착하는 이들이 아닌 떠돌아다니는 부족 중에서는 그 경향이 특히 강했다. 인류 뒤에 누가 있든 신경 쓰지 않고 일단 덤비고 보는 것이다. 잃을 것이 없는 이들은 더 막 나가는 법이었다.

그나마 온건한 엘프도 이런데, 다크 엘프나 오크로 넘어가면 더 말할 것도 없었다.

"덤비면 나야 편하지."

"……!"

수현의 말에 에이럼은 납득할 수밖에 없었다.

'그래, 이놈은 이런 놈이었지!'

생각해 보니 오크들이 잘 싸워 봤자 수현에 비교한다면 보름달 앞의 반딧불이였다. 오크의 전투력을 무시하는 건 아니었지만, 수현의 전투력이 지나치게 강력한 것이다.

엘프 중에서도 보기 힘든 마법사에, 같이 온 인원들을 보면 지원이 없는 것도 아니었으니…….

"그러면 가서 물어봐라. 난 안 말리련다."

'잠깐. 저놈이 오크를 처리해 주면 귀찮은 문제 하나를 손도 안 대고 해결할 수 있나?'

에이럼이 그런 생각을 하는 동안, 수현은 무슨 소리를 하냐는 듯이 말했다.

"가기 전에 이야기는 하고 가야지."

"무슨 이야기?"

"귀찮은 문제를 해결해 주는데 그냥 해줄 수는 없지."

"……!"

처음에는 당황했지만, 수현의 요구는 생각보다 별거 없었다. 딱히 탐내는 자원도 없었고, 길 안내와 대원들을 안에서 쉬게 해주는 조건 정도가 다였다.

"그 정도라면……."

제르웬은 고개를 끄덕였다. 하다못해 수현이 치료해 준 것만으로도 저 정도 부탁은 들어줄 수 있었다. 오크들을 상대하러 갈 테니 부탁을 들어달라고 해서 뭐 얼마나 대단한 부탁을 하나 긴장했었는데 맥이 풀리는 느낌이었다.

"지금 출발하는 건가?"

에이다는 자연스럽게 따라 일어섰다.

"아, 넌 여기 있어."

"?!"

"에렌딜 곁에 있어줘야지. 너 없어도 전력은 충분하니까 걱정 말고."

에이다는 시무룩한 표정으로 고개를 끄덕였다. 이야기가 대충 마무리되자 수현은 움직일 준비를 했다.

"자, 그러면 오크들 얼굴을 보러 가자고."

"이야기는 잘 끝났습니까?"

대원들은 엘프들의 영역 경계에서 야영을 하고 있었다. 수현이 숲 사이에서 걸어 나오자 그들은 반갑게 달려 나왔다.

"잘 끝났지. 별일 없었나?"

"별일 없었습니다. 여기 되게 평화로워요."

"다른 곳도 다 이랬으면 좋겠는데."

"다른 곳도 다 이러면 용병 일은 당장에 끝나겠군."

"아차!"

"짐 싸서 움직일 준비 해라. 오크들 만나러 간다."

"이 주변에 오크가 있습니까?"

고르간이 고개를 갸웃거렸다. 이 주변은 오크가 좋아할 만한 곳이 아니었다. 게다가 주변에는 엘프 부족까지 있는 상황. 원래라면 오크 부족이 보일 리 없었다.

"떠돌이 오크 부족이 주변에 하나 찾아왔다더군."

"떠돌이 부족입니까?"

고르간은 얼굴을 찡그렸다.

"왜 그러지?"

"떠돌이 놈들은 도움이 된 적 없습니다. 언제나 흘러와서 사고만 치는 놈들이죠. 땅에 애정이 없으니 행동에 거리낌이 없고…… 원래 살던 사람들에게는 피해만 잔뜩 끼치는 놈들입니다."

"뭐, 인간보다 더하겠냐."

고르간은 안 좋은 추억이 있는지 악담을 늘어놓았다. 그러나 수현은 아랑곳하지 않았다. 그들과 긍정적인 관계를 쌓을 것도 아니었고, 무엇보다 돌아다니면서 사고를 친 총합을 따진다면 아무도 인류를 따라올 수 없었다.

"싸우는 겁니까?"

고르간은 호전적으로 주먹을 부딪쳤다. 그가 저런 태도를 보이는 건 드물었다.

"아니, 일단 대화 좀 해보고. 떠돌이라고 다짜고짜 공격했다가는 법정 간다. 너야 이종족이니 괜찮다지만 우리는 아니라고."

"고르간, 자기는 법정 안 간다고 바로 싸우자는 거야?"

"그, 그게 아니다!"

대원들이 놀리자 고르간은 급히 부정했다.

다들 가벼운 마음으로 움직일 준비를 했다. 이 자리에 있는 누구도 긴장한 모습은 없었다. 이제 이 정도의 일은 그런 수준의 일이었던 것이다.

떠돌이 오크 부족을 만나는 것 하나 때문에 긴장하기에는 그들이 겪어온 일이 너무 많았다.

"그런데 오크들이 총을 갖고 있을까요? 총만 없었으면 좋겠는데."

인류가 카메론에 발을 디디고 나서 돈을 좋아하는 상인들의 활약 덕분에 총은 이종족들 사이에 넓게 퍼져 있었다. 그건 아센 호수로 가로막혀 있던 아넨 지역도 다를 게 없었다.

거리가 엄청나게 멀 뿐 다른 곳으로 연결되어 있기는 했으니까.

케바스왁의 오크 같은 경우가 오히려 특이한 경우였다. 이종족도 강한 무기라면 대체로 좋아했다.

"글쎄. 원래 갖고 있다고 봐야 하긴 하는데, 상대가 떠돌이라서…… 잘 모르겠군. 운이 좋기를 빌자고. 방어막 아티팩트 다들 갖고 있잖아?"

"총은 먼저 맞으면 발동시키기 힘들다고요."

"걱정 마. 즉사만 안 하면 내가 치료해 준다."

농담처럼 이야기하고 있었지만 농담이 아니었다. 대원들은 각자 초능력을 제외하고서라도 갖고 있는 아티팩트의 수준이 결코 만만하지 않았다.

만약을 대비해, 대원 혼자 전투 상황에서 버틸 수 있도록 아티팩트를 나눠 준 것이다.

숲은 사라지고, 풀도 거의 보이지 않는 평지가 드러났다. 언덕이 곳곳에 솟아 있어서 시야를 방해했다. 전자식 쌍안경으로 주변을 둘러보던 대원 중 한 명이 의문을 말했다.

"마을 같은 건 없습니다만. 이 주변 맞습니까?"

"떠돌이 부족이니 마을 같은 건 없어도 놀랍지 않다."

설명에 나선 건 고르간이었다.

"떠돌이 부족들은 보통 빠르게 움직여야 할 일이 많으니 최대한 가볍게 짐을 꾸린다. 거주하는 곳도 마을이 아니라 마차나 천막 같은, 이동하면서 꾸릴 수 있는 걸 사용하지. 아마 저 언덕으로 가려져 있는 곳에 있을 거다. 보초가 없는 걸 보니 거리 때문에 방심하고 있는 것 같은데, 당장에 가서 습격을……."

"어, 고르간. 방해해서 미안한데."

"……?"

"마을이 있다."

수현의 말에 고르간의 고개가 돌아갔다.

"마을이 있다고요……?"

"응."

"천막이나 그런 게 아니라?"

"응."

고르간의 고개가 툭 떨어졌다. 다른 대원들이 그의 등을 토닥였다.

"야, 틀릴 수도 있지! 뭐 그런 거 갖고 그러냐!"

"맞아. 저놈들이 좀 특이한가 보지."

대원들이 그러는 동안, 수현은 턱을 긁적이며 생각했다.

'확실히 조금 특이한데.'

멀리서 보는 떠돌이 오크 부족의 마을은 나름 괜찮았다. 조잡하고 거칠어서 급하게 만든 지 얼마 안 되었다는 걸 알수 있었지만, 저건 또 다른 곳으로 떠날 놈들의 정착지가 아니었다.

'떠돌이가 맞나? 뭔가 좀⋯⋯.'

"팀장님, 어떻게 할까요?"

"일단 가까이 가 보자고. 주변에 보초는 없는 것 같으니까."

수현의 말이 떨어지자 대원들은 바로 움직이기 시작했다. 언덕에 가려진 지형에 마을이 위치해 있었다. 적당히 접근하자 수현은 다시 원견을 켰다.

"응?"

마을 안에는 보일 이유가 없는 것들이 보였다. 인간들이었다.

"⋯⋯???"

수현은 빠르게 상황을 파악하기 위해 확인에 들어갔다. 평화로운 분위기를 보면 일단 오크 부족과 분쟁이 있어서 온

건 아니었고, 복장을 보면 용병이 분명했다.

'용병이 여기는 왜? 저놈들한테서 건질 게 있나?'

수현은 놈들의 입에 집중했다. 놈들의 입이 움직이는 걸 보면 어느 말을 하는지 알 수 있었다. 그리고 놈들이 말하는 건…….

'중국인!'

다른 곳을 보니, 허름해 보이는 오두막 아래에서 오크 남자와 인간 여자가 이야기를 나누고 있었다. 오크는 꽤나 열정적으로 말하고 있었고 여자는 사무적으로 대답하는 중이었다.

무엇인지는 알 수 없었지만 하나는 확실했다.

'내버려 둬서 좋을 게 없지!'

"가자!"

"예?!"

"이 사악한 오크 놈들! 징의의 심판을 받아라!"

"……?!"

나무로 만들어진 정문이 떨어져 나갔다. 그 소리에 안에 있던 사람들은 기겁해서 쳐다보았다. 용병으로 위장한 중국 쪽 군인들은 바로 총을 잡으려 했다.

"뭐야? 무슨 일이야?"

"어떤 미친놈들이 여기 와서……."

그들은 처음에는 침입자들이 겁 없는 용병이라고 생각했다. 용병 중에서 미친놈들은 찾기 쉬웠고, 그런 놈들은 규칙이고 뭐고 신경 쓰지 않았다. 문제가 될 거 같으면 바로 증인을 제거할 놈들이었다.

만약 그런 놈들이라면 아주 제대로 걸린 것이다.

그들은 결코 만만한 이들이 아니었다. 전원이 혹독한 훈련을 받고, 대몬스터 전투보다 대인 전투에 더 자신이 있는 이들이었던 것이다.

비록 대장이 조금 겁쟁이긴 했지만…….

소란이 잦아들자 침입자들의 모습이 보였다.

"인간 용병에, 오크에, 엘프에, 다크 엘프까지……? 뭐야? 브레멘 음악대냐?"

그 말을 들은 샤이나가 의아하다는 듯이 물었다.

"브레멘 음악대가 뭐야?"

"나중에 설명해 줄게. 저놈 군인 주제에 교양 있네."

"드워프는 없나? 이봐! 너희들, 당장 무릎 꿇고 손들어! 어디서 이종족의 영역을 침범하는 거냐!"

군인 중 한 명이 크게 소리쳤다. 정문을 박살 내고 들어오기는 했지만 침입자들은 딱히 무기를 든 상태가 아니었다. 무슨 짓을 하려고 한다면 바로 총을 겨눌 수 있었다.

"뭐야, 뭐야? 무슨 일이야?"

밖에서 들리는 소란에 안에 있던 여자가 걸어 나왔다. 그녀는 정문에 서 있는 무리를 보고 눈썹을 찌푸렸다. 그녀의 본능이 맹렬하게 비명을 지르고 있었다.

"쟤네 누구야?"

"잘 모르겠습니다. 그냥 대가리 안 돌아가는 용병 놈들 같은데…… 잘 말하고 쫓아내겠습니다."

"용병 놈들이 저런 종족 구성으로 돌아다녀?"

"어…… 뭐 필요가 있어서 잠시 넣은 거 아닙니까?"

샤오메이는 인원을 찬찬히 훑어보았다. 엘프, 다크 엘프, 오크……?

'어, 이 종족 구성 어디서 봤었는데.'

갑자기 등골이 서늘해졌다. 샤오메이는 가장 앞에 서 있는 인간의 얼굴을 쳐다보았다. 그다지 사납게 생기지는 않았지만, 그 생김새를 보는 순간 샤오메이는 가슴이 덜컥 내려앉았다.

"김, 김, 김, 김……."

"예? 대장? 뭐라고요?"

'김수현이잖아, 이 장님 돌대가리 새끼야!'

이런 상황에서 욕설이 나오지 않은 것만으로도 그녀가 리더의 자격을 충분히 갖추고 있다는 걸 증명했다. 아무리 부하가 멍청하고 눈이 없어도 부하 아닌가. 그녀는 이를 악물었다.

'어떻게 하지? 지금 최선의 수는?'

그나마 다행인 건 아직 싸우지 않았다는 것이었다. 게다가 지금은 한국을 상대로 작전을 벌이러 온 것도 아니었으니 말만 잘하면 빠져나갈 수 있었다.

"애들 총 내리게 해."

"네?"

"총, 내리게, 하라고. 이, 새끼야."

"네, 네!"

부하는 허겁지겁 움직였다. 그들의 대장은 평소에 화를 자주 내는 편은 아니었다. 그런 면에서 그들은 대장을 꽤나 존경하고 있었다.

그러나 대장이 가끔 화를 낼 때가 있는데, 평소 화를 안 내던 사람이 화를 내면 무섭다는 걸 증명이라도 하려는 듯이 정말 미친 듯이 날뛰었다.

그리고 지금 대장의 목소리에서는 그런 기색이 느껴졌다. 간신히 화를 참는다는 듯이 끊어지는 말투. 여기서 더 주제 파악 못 하고 까불었다가는 벼락이 쏟아졌다.

떨떠름한 표정으로 전원이 총을 내리자, 샤오메이는 허겁지겁 달려 나갔다.

지금 중요한 건 표정 관리였다.

"상황이 상황인지라 부하들이 실수를 한 것 같습니다. 죄송하게 됐습니다. 혹시 무슨 일로 여기 오셨는지?"

목소리는 담담했고 표정에는 흔들림이 없었다. 갑작스러운 상황이란 걸 감안한다면 가히 경지에 오른 연기였다.

그리고 수현은 그 모든 걸 보고 있다가 입을 열었다.

"엘프들 문제로 사실 확인을 하러 왔다. 이쪽 오크들이 엘프들을 공격해서 부상을 입혔다고 들어서 말이야."

샤오메이의 눈썹이 둥글게 휘었다. 그녀가 저자세로 나오기는 했지만 수현의 태도는 상당히 오만했던 것이다. 물론 그가 오만할 위치이기는 했지만 누군지도 모르는 사람한테 이렇게 다짜고짜 오만하게 나올 줄은 몰랐다.

'이 정도 인간이었나?'

"부상이요? 오해가 있는 것 같습니다만. 이종족 사이의 분쟁은 언제나 일어나는 거 아닙니까? 실제로 여기 오크들도 꽤 다쳤습니다."

샤오메이는 손끝으로 구석에 누워 있는 오크들을 가리켰다. 붕대로 몸을 감싼 오크들은 누워서 신음하고 있었다.

수현은 웃었다.

하는 짓이 마치 예전의 그를 보는 것 같았기 때문이었다.

수현이 웃자 샤오메이는 갑자기 불안해졌다.

딱히 사악한 웃음이나 비웃음은 아니었지만, 오히려 그래서 더 불안했다. 지금 상황은 저런 따뜻한 웃음이 나올 상황이 아니었기 때문이었다.

수현은 천천히 걸어갔다. 막으려면 충분히 막을 수 있는 상황이었지만 아무도 그를 막지 못했다. 수현은 마을 사이를 가로질러 구석에 누워 있는 오크들에게 접근했다.

"다쳤다고?"

"……예."

"부상이 꽤나 심각한 것 같은데."

붕대로 몸을 칭칭 감싼 오크는 움직이기도 힘들어 보였다. 그는 수현이 다가오자 신음을 했다.

"싸움이 일어났는데 안 다칠 수는 없잖습니까?"

"이종족 사이의 분쟁이니 인간은 끼어들지 말자?"

"예외가 아닌 이상 그게 원칙인 걸로 알고 있습니다만……."

"뭐, 말이야 맞는 말이지."

수현은 오크 앞에 서서 빙글 돌았다.

"그런데 치료는 이게 다인가? 급속 치료제도 없나?"

꼭 치유 능력에만 의존해야 빠른 치료가 가능한 게 아니었다. 트롤의 피나 다른 재료로 급속 치료제를 만드는 게 가능했으니까.

물론 그 비용은 만만치 않았다.

"급속 치료제라니, 저희도 쓸 게 없습니다."

"그래? 그러면 이렇게 만난 것도 인연인데 고통을 좀 덜어 주지."

"……!"

샤오메이는 당황했다. 김수현의 초능력 중 하나는 치유 능력. 저 정도 부상이라면 순식간에 낫게 할 수 있었다.

문제는…… 저 오크들이 실제로 다치지 않았다는 점이었다.

그녀는 치유 능력자가 아니었기에 치유 능력이 어떤 원리로 작동하는지 알 수 없었다. 만약 치유 능력을 쓸 때 다치지 않은 사람을 알아볼 수 있다면?

'우기는 수밖에 없나?'

만약의 경우 우길 수밖에 없었다. 김수현이 그렇게 막 나가지는 못할 거라는 게 유일한 희망이었다.

"대장, 대체 왜 그러는 거예요?"

"너희 이 아름다운 새끼들…… 진짜……."

그녀는 돌아가면 부하들 교육을 다시 해야겠다고 다짐

했다. 위험인물 얼굴부터 외우게 해야겠다고.

사실 부하들이 김수현 얼굴을 모르는 것도 무리는 아니었다. 그들이 김수현의 얼굴을 알아서 어디에 쓰겠는가. 어차피 그를 상대할 정도의 작전은 다른 팀이 맡을 텐데…….

"그래도 되겠지?"

"……?"

수현이 허가를 구하자 샤오메이는 살짝 당혹스럽다는 듯이 그를 쳐다보았다. 허가를 구할 줄은 몰랐던 것이다.

'왜 이러지?'

"치유 능력은 체력 소모도 클 텐데 굳이 그러실 건 없습니다. 부상이 크긴 하지만 생명에 지장은 없으니 말입니다."

허락을 구한다면야 유리하게 이용할 뿐이었다. 샤오메이는 정석적으로 대답했다. 수현은 씩 웃으며 말했다.

"치유 능력이라니 뭔가 오해가 있는 것 같군. 그런 의미로 한 소리가 아니었어."

수현은 품속에서 권총을 꺼냈다. 그리고 누워 있는 오크를 겨눴다.

"고통을 덜어주는 데에는 여러 방법이 있잖아?"

바로 방아쇠가 당겨졌다.

"으어아으억! #&^$&#!"

동시에 오크가 괴성을 지르며 자리에서 일어났다. 그는 필사적으로 수현에게 덤벼들었다. 권총의 총구를 어떻게든 그에게서 치우려는 몸부림이었다.

퍽!

수현은 유연하게 그의 목을 잡아 다시 침상 위로 처박았다. 오크는 목을 잡힌 채로 눈을 끔뻑였다. 분명 방아쇠가 먼저 당겨졌는데, 고통이 없었다.

"아, 왜 안 아픈지 궁금한가? 그야 총알이 안 들었으니까."

수현은 권총을 툭툭 치며 말했다. 당했다는 걸 깨달은 오크의 표정이 창백해졌다.

'실수다……! 조금 더 확실하게 교육을 시켰어야 했는데.'

샤오메이의 판단은 틀리지 않았다. 엘프들과 분쟁이 일어났다는 말을 듣고서 그녀는 생각했다. 지금 이 주변에는 인간이 많으니 그중 엘프들과 손을 잡고 이 분쟁에 끼어들려는 이들도 분명 있을 거라고.

오크들이 먼저 침범했으니 명분도 부족한 상황. 지금 그들은 오크들을 잘 설득해서 패로 쓸 준비를 하고 있었다. 오크들이 쫓겨나면 곤란했다.

그렇기에 연기를 시켰다. 부하들은 '뭘 또 이렇게까지 준비를 하나' 했지만 그녀의 판단은 틀리지 않았다. 상대가 수현이라는 것만을 제외한다면.

수현은 오크들이 연기를 하고 있다는 걸 바로 알아채고 협박으로 그들을 일으켜 세웠다.

"부상이 생각보다 가볍나 본데? 펄펄 나는군."

"총구 앞에 서면 누구나 괴력을 발휘하니까요……."

"아직까지 우길 생각인가? 차라리 내가 기적을 발휘해서 앉은뱅이를 일으켜 세웠다고 하지그래?"

샤오메이는 대답하지 않았다. 이미 상황은 파탄이 났고, 남은 건 그들이 수작을 부렸다는 걸 인정하고 무사히 빠져나가는 방법밖에 없었다.

우샹카이는 또 난리 치고, 보고서는 수십 장을 써야 하겠지만 어쩌겠는가. 일단 산 사람은 살아야지.

"그래, 연극 좀 했다. 그게 뭐 잘못인가?"

샤오메이는 수현이 '꺼지지 않으면 바로 실력 행사에 들어가겠다'라고 대답하기를 기대했다. 그러면 못 이기는 척 부하들을 데리고 나갈 생각이었다.

"태도 바뀌는 거 봐. 됐고, 잠깐 들어와. 이야기 좀 하지."

수현은 권총을 품속에 넣고 말했다.

"……?"

"들어오라고. 이 건물 좀 쓴다. 괜찮겠지?"

붕대를 감고 누워 있던 오크는 얼떨결에 고개를 끄덕였다.

"대장, 왜 이렇게 저자세로……."

수현은 그 말을 듣고 말을 꺼낸 군인에게 손가락을 겨

눴다. 강력한 염력이 그를 수현 앞까지 끌어당겼다.

"헉!"

퍽!

정확하게 복부에 들어간 일격. 그의 몸이 기역 자로 꺾였다. 앞으로 구부러진 그를 발로 걷어찬 수현은 혀를 차며 말했다.

"이러니까 저자세로 나오는 거다. 네 대장한테 나중에 목숨 구해줘서 고맙다고 백번 절해라. 응?"

"뭐, 이런, 놈이……."

동료가 끌려가서 얻어맞자 다른 군인들도 바로 무기에 손을 뻗으려 했다. 잘 훈련된 이들이었다. 물론 그렇다고 해서 결과가 달라지는 건 아니었지만.

"……!"

무기가 허공으로 떠오르고 그대로 찢겨 나갔다. 저 특유의 염동력 컨트롤에 그 대상이 한국인이라면 떠오르는 인물이 많지 않았다. 게다가 그들의 대장이 쩔쩔맬 정도라면…….

'김수현!'

그들은 엉거주춤한 자세로 수현을 쳐다보았다. 샤오메이는 머리가 아파 오는 것을 느끼며 이마를 매만졌다.

"들어갈게. 들어갈 테니 이야기하자고."

"판단력이 좋군."

안으로 들어가면서 샤오메이는 머릿속이 복잡했다. 어떻게 시치미를 떼어야 하는가? 김수현은 어디까지 눈치를 챈 것인가?

그녀의 부하들이 실수하기는 했지만 아직 결정적인 실수는 하지 않았다. 잘하면 용병이라고 우길 수 있을 것이다.

그러나 그 모든 고민은 한 번에 깨어졌다.

"혹시 이름이 샤오메이, 맞나?"

"?!?!"

"맞나 보군."

표정은 변함이 없었지만 수현은 샤오메이의 눈동자를 보고 있었다. 순간 스쳐 지나가는 당혹스러움. 그걸 보고 수현은 그가 맞게 짚었다는 걸 확신했다.

"대, 대체 어떻게……."

"아, 우샹카이한테 들었어."

"……?!"

샤오메이는 무릎이 덜덜 떨리는 느낌을 받았다.

'어떻게 된 거지? 우샹카이가? 설마 김수현한테 날 판 건가?'

지금 상황에서는 다른 가능성이 떠오르지 않았다. 김수현이 그녀를 알고 있고, 게다가 여기에 나타났다는 건…… 처음부터 함정이었고, 그녀는 눈치채지 못하고 그 안에서 놀았다는 뜻이 됐다. 분노와 슬픔보다는 억울함이 먼저 들었다.

'아니, 내가 뭐라고 날 팔아?! 난 진짜 아무것도 아닌데!'

진뤄궁이나 리우 신 같은, 중국에서도 유명한 초능력자를 상대로 거래를 했다면 이해나 갔다. 김수현도 리우 신한테는 원한이 있겠지.

그런데 그녀는 정말로 아니었다. 그녀가 맡은 임무는 다른 누구나 할 수 있는 사소한 임무들이었고 그녀 본인도 김수현에게 타격을 입힌 적은 별로 없었다. 오히려 그녀가 김수현한테 타격을 입은 적이 많았다.

"일단 앉지? 언제까지 서 있을 생각이지?"

"살려주세요!"

"……생각했던 것보다 더 대단한 반응인데."

수현은 오크들이 만든 조잡한 의자를 꺼내 샤오메이에게 건넸다. 상황 판단이나 하는 짓이 이것저것 닮았다고 생각했는데, 지금 보니 한 가지 차이점이 있었다.

수현은 저렇게까지 생존 본능이 뛰어나지는 않았다.

"뭐든지 할 수 있습니다! 전향도 할 수 있고요!"

"전향이라니, 그게 뭐……. 진정해. 죽일 생각은 없으니까."

"제 목숨만 보장해 주시면 전향해서 공산당 비판 선언문도 작성할 수 있으니까요……!"

"이거 마셔도 되나? 뭘 좀 마시면 진정하려나?"

샤오메이가 뭐라고 떠들었지만 수현은 신경 쓰지 않았다. 수현은 찌그러진 주전자를 들고 안에 든 내용물을 보았다. 독은 없었다. 잔에 따르자 술 냄새가 났다.

"아, 오크식 술인가. 한잔 마셔도 되겠지?"

"어, 그거…… 오크들이 옥수수 씹어서 침으로 발효시킨 술……."

"이런 미친!"

"제 잘못 아니에요!"

술을 마시려다 바닥에 던져 버린 수현은 투덜거리며 고개를 흔들었다.

"우샹카이가 널 판 건 아니야. 정확히 말하자면 우샹카이도 너와 비슷한 처지지."

"……?"

샤오메이는 고개를 갸웃거렸다. 그가 그녀와 비슷한 처지라니?

"아, 말을 조금 잘못했군. 네가 앞으로 우샹카이와 비슷한 처지가 될 거라는 뜻이었어. 우샹카이는 나한테 약점을 잡혔거든."

"다행이다……!"

그 말을 듣자 일단 안심은 됐다. 적어도 그녀가 팔린 건 아니었으니까. 처음에는 정말로 우샹카이가 김수현과 거래하기 위해 그녀를 제물로 바쳤다고 생각했던 것이다.

'어? 생각해 보니 다행이 아니잖아?'

한마디로 약점 잡고 부려먹겠다는 거 아닌가.

"너에 대해서는 우샹카이한테 몇 번 들었지. 겁 많은 부하가 하나 있다고."

"그 인간은 약점 잡힌 상대한테 뭐가 좋다고 뒷담까지……."

"뭐, 그놈 보는 눈이야 뻔하고. 듣고서 조금 재밌다고 생각하고 있었어. 그런 식으로 일을 처리하는 사람은 드물거든."

샤오메이는 살짝 감격했다. 이제까지 그녀의 방식을 인정해 주는 사람은 아무도 없었다. 위에서는 실적을 내라고 쪼아대고 아래에서는 겁 많다고 불평해 대는 상황.

그런데 타국의 인물, 그것도 초능력자의 정점에 서 있는 것이나 다름없는 사람이 인정해 주다니. 말에 속으면 안 된다고 경계하고 있었음에도 마음이 흔들렸다.

"그래서 알아보신 겁니까?"

샤오메이는 마음을 가다듬고 평소처럼 돌아오기 위해 애썼다.

'평상심, 평상심.'

"뭐?"

"아니, 제 신분을 바로……."

"아, 그건 우샹카이한테 들어서가 아니라 네가 날 치유 능력자라고 생각해서 의심한 거지. 내가 치유 능력 쓰지도 않았는데 내가 치유 능력자라고 생각했잖아?"

'아차……!'

샤오메이는 그제야 그녀가 한 실수를 깨달았다. 수현이 나타난 것에 너무 당황한 나머지 멍청한 짓을 했다. 수현이 치유 능력을 쓰지도 않았는데 치유 능력이라고 말을 꺼낸 것이다.

"중국인에, 내 얼굴만 봐도 신분을 잘 알 정도면 그냥 일반 용병이 아니라 국가 쪽일 가능성이 크고. 거기에 하는 짓이 워낙 인상 깊어서 한번 찍어봤어."

"……."

"그러면 이제 슬슬 본론으로 들어가 볼까? 여기는 무슨 일로 왔지?"

샤오메이는 잠깐 고민했다. 지금은 어떻게 대응해야 하는가?

정답은 바로 나왔다.

"이번 작전의 목적은 아네스 지역 주변의 우호적인 이종족 확보입니다."

"……1초도 고민 안 하고 바로 대답하나?"

"상부는 앞으로 아네스 지역 주변에서의 작전이 많아질 것이라 예상했고, 그에 따라서 활용 가능한 이종족의 숫자는 많으면 많을수록 좋다고 결론을 내렸습니다. 저희는 이미 하임켄에서 오크들과의 관계로 많은 걸 누렸으며……."

여기서 샤오메이는 수현을 슬쩍 쳐다보았다.

"왜 날 쳐다봐? 내가 뭐라도 했나?"

"어쨌든 그런 것 때문에 오크들은 주 포섭 대상이 되었습니다. 떠돌이 부족인 건 플러스 요소였고요."

"부려먹기 쉽다 이거겠지. 대충 알았어."

수현은 잠깐 생각에 잠겼다가 물었다.

"오크들하고는 얼마나 친해졌지?"

"네?"

"오크들한테 영향력을 얼마나 끼칠 수 있냐고."

"아…… 명령 가능합니다."

"……!"

수현은 조금 놀랐다. 아네스 지역은 관심을 받게 된 지 얼마 되지 않았다. 샤오메이의 팀이 수현보다 일찍 왔다고 해봤자 그렇게 크게 차이가 나지 않을 텐데, 벌써 포섭을 끝냈다고?

"뭐로 포섭한 거야?"

"진심으로……."

"헛소리하지 말고."

"네."

샤오메이는 바로 말했다.

"원래 떠돌이 부족이 아닌데 어쩔 수 없이 여기까지 흘러 왔다고 했습니다. 그래서 개척지 쪽에 농사지을 만한 땅을 주겠다고 약속했습니다."

"그냥?"

"당연히 일을 해야…… 저희가 그렇게 자선사업을 하는 곳이 아니잖습니까."

"그건 그렇지. 그러면 일을 하기 전까지는 계속 여기에 두는 건가?"

"네, 일단은."

"괜찮네. 그러면 그렇게 하라고."

"네?"

"왜, 여기서 하던 거 다 멈추고 물러서라고 할 줄 알았나?"

'그야 그쪽은 매번 만날 때마다 내 일을 방해했잖아요!'라고 말하고 싶었지만 샤오메이는 이런 상황에서 혀를 잘못 놀려 화를 자초하는 사람이 아니었다. 그녀는 손을 모으고 감격한 표정으로 말했다.

"감사합니다! 이런 자비를 베풀어주시다니, 역시 마법사답게 통도 크시고 아량도 넓으시고…… 저는 사실 예전부터 존경하고 있었……."

"아부는 적당히 하고."

"네."

"존경은 무슨 존경이야? 욕이나 했겠지."

'헉.'

샤오메이는 어깨를 움찔했다.

이 인간 혹시 마음을 읽나?

"앞으로 여러모로 내 부탁을 들어줘야 할 텐데 위에 추궁당하게 할 수는 없잖나? 다 서로서로 돕고 사는 거지. 안 그래?"

"어…… 네……."

말은 가벼웠지만 그 안에 담긴 뜻은 가볍지 않았다. 그녀에게 이중 첩자가 되라는 뜻이었으니까.

'이거…… 잘못하면 인생 망하겠는데…….'

중국 내에서 발각되면 수현이 나서줄 리 없을 테고, 그녀 혼자서 감당을 해야 했다. 샤오메이는 앞날이 캄캄해지는 걸 느꼈다. 이 위태로운 줄타기를 또 어떻게 해야 한단 말인가?

"그러면 자리에서 일어나지. 오래 이야기하면 부하들이 의심할 수도 있으니까. 내부 고발을 당하고 싶지는 않겠지?"

"그러지는 않을 겁니다."

"그렇게 확실하게 믿을 수 있는 이들인가?"

"음…… 그건 아니지만……."

"그러면 조심하는 게 좋아. 위에 있는 사람이 보이면 물고 내려서 올라가려는 놈은 꼭 있거든."

"제가 갖고 있는 자리 같은 건……."

"……별거 아니지만, 그래도 탐을 내는 놈은 있지."

수현은 샤오메이의 말이 끝나기도 전에 바로 말을 이어받았다. 그녀가 무슨 말을 할지 완전히 예측하고 있지 않으면 불가능한 속도였다. 샤오메이는 놀라서 눈을 깜박였다.

"너는 꽤나 재밌어. 우샹카이보다는 훨씬 더 매력적인 인재지. 그런 곳에 있지 않았다면 조금 더 편하게 살 수 있었을 텐데 말이야. 행동이 쉽게 읽히는 걸 주의하라고."

밖으로 나오자 샤오메이의 부하들이 어떻게 움직여야 할지 모르겠다는 표정으로 기다리고 있는 게 보였다. 수현은 아까 그에게 맞은 사람에게 다가갔다.

"앞으로는 덤비기 전에 누군지 확인하고 덤비는 습관을 들이라고."

"아, 으. 예."

샤오메이는 그를 보고 한심하다는 듯이 한숨을 내쉬었다. 저놈들은 얼마 전만 해도 김수현이 온다고 했을 때 '그래도 한번 해봅시다! 뭘 겁을 먼저 먹습니까!' 이렇게 나온 놈들이었다.

그때는 그렇게 겁 없던 놈들이 실제로 수현을 만나자 완전히 얼어붙은 게 꼴사나웠다. 원래 멍청한 놈들인 걸 알고는 있었지만…….

수현이 허락도 받지 않고 안에서 움직이고 있었지만, 자리에 있는 그 누구도 수현에게 말을 걸지는 못했다.

이미 자리의 분위기를 완전하게 장악한 것이다.

"아, 잊을 뻔했군. 오크들 관리할 수 있다고 했지? 엘프들 영역에 들어가지 못하게 해. 충돌 자꾸 생기면 이쪽에서 실력 행사에 나갈 수밖에 없으니까."

"네? 그, 그게…… 오크들이 지금 계속 기다리기에는 상황이 조금 그래서……."

샤오메이는 당황해서 수현을 붙잡으려고 했다. 오크들이 엘프들의 영역에 들어간 건 생존 때문이었다. 이 주변은 그들이 버티기에는 자원이 부족했고, 중국 쪽에서는 지원이 부족했다.

중국 쪽에서는 당연히 지원을 넉넉하게 해주지 않았다. 오크들을 길들이기 위해서는 그들의 배를 부르게 해줄 필요가 없었던 것이다.

결국 오크들은 생존을 위해 움직였고, 중국 쪽에서는 그걸 암암리에 허락하고 있었다. 오히려 그러는 편이 중국 쪽에게도 좋았다. 고립된 부족은 더더욱 다루기 쉬워질 테니까.

"물자를 사서 보내. 그러면 안 올 거 아냐."

'그 물자가 땅에서 그냥 솟아나니?!'

그러나 수현은 말만 하는 사람이 아니었다. 수현은 주머니에서 칩을 꺼내 던졌다. 추적 불가능한 현금 칩이었다.

멀리서 그걸 보고 있던 곽현태가 중얼거렸다.

"저 양반은 현금 칩을 몇 개씩이나 갖고 다니는 거야? 뿌리는 게 취미인가?"

"넉넉하게 사서 오크들 좀 먹이고 입히라고. 보니까 못 먹어서 다들 비쩍 말랐군."

"어…… 뭐라고 말해야 할지 모르겠네요."

"감사합니다?"

"감사합니다……? 그런데 부하들한테 약점 잡히는 거 조심하라고 하지 않으셨나요?"

"……?"

수현은 의아하다는 듯이 샤오메이를 쳐다보았다.

당황해서 머리가 돌아가지 않는 건가?

"설마 나한테 그냥 이걸 받았다고 하는 건 아니겠지? 부하들한테는 적당히 말해둬. 목숨을 걸고 협박을 했더니 김수현도 겁을 먹고 물러섰다. 오크들을 먹이는 대신 그 비용을 부담하기로 했다. 이런 식으로."

"그게…… 통해요?"

수현은 샤오메이가 감정이 말투에 묻어 나온다는 걸 깨달았다. 당황하지 않았을 때는 조금 격식을 갖추고 말을 하는데 당황하면 그게 무너졌다.

"네 부하들이니 네가 더 잘 알겠지. 하는 짓 보면 통할 것 같은데. 의심받기 싫으면 알아서 잘 속여봐."

'아무리 내 부하들이 멍청하다지만 그렇게까지 멍청하지는……!'

"맞다. 마지막으로, 돌아가면 우샹카이한테 말 좀 전해."

"뭐라고요?"

"약속 지키지 않으면 스타로 만들어준다고."

"……??"

"그렇게만 말하면 알아서 움직일 거야. 그거 말할 때 살짝 비웃으면서 말하면 더 효과가 좋을 거다."

"???"

수현은 더 이상 말하지 않았다. 그는 앞에 서 있는 대원들에게 손짓했다.

"돌아간다!"

폭풍이 한바탕 쓸고 지나간 느낌이었다. 김수현이 밖으로 나가고, 정말 대원들과 함께 사라졌다는 걸 확인하자 안에 있던 사람들은 털썩 주저앉았다. 수명이 십 년은 줄은 기분이었다.

"대장, 어떻게 된 겁니까? 저 악마 같은 놈이 왜 그냥 돌아갔죠?"

"아까 받은 거 뭡니까?"

"그러니까……."

겁을 먹은 와중에도 호기심에 넘치는 얼굴로 그녀에게 물어보는 부하들을 본 샤오메이는 살짝 고민했다. 아무리 그들이 멍청해도 이런 거짓말을 믿을까?

"안에서 엘프들의 영역 관련해서 이야기 좀 했다. 김수현 쪽은 저 숲의 엘프들하고 친분이 있나 봐. 오크들하고 분쟁이 터져서 해결하려고 온 거고."

"물러나야 합니까?!"

부하 중 한 명의 표정이 검게 죽었다. 또 실패라니. 위에서 무슨 소리를 들을지 알 수 없었다.

"아니, 그건 잘 해결됐다."

"예? 정말요??"

"어떻게요?"

"오크들 데리고 물러나느니 차라리 여기서 전원 옥쇄하겠다고 하더니 질려서 먼저 물러나던데. 비용 받고 오크들 그쪽에 안 보내는 거로 합의 봤어."

말과 함께 샤오메이는 부하들을 둘러보았다.

통하나?

"오오……!"

"대단합니다, 부장!"

"그 김수현을 물러나게 한 거잖습니까!"

"리우 신도 못 했는데!"

'이 멍청한 새끼들…….'

속아주니 다행이었지만, 샤오메이는 한숨이 나오는 걸 참아야 했다. 이런 것들을 부하라고 데리고 다녀야 한다니.

"너희들, 앞으로 얼굴은 외우고 다녀라. 파악도 못 하고 뭐 하는 짓들이야?"

"죄송합니다."

수현한테 바로 제압당한 부하는 고개를 푹 숙였다. 실제로 만나보니 싸워보겠다고 한 그가 얼마나 무모했던 건지 알 수 있었다.

경지에 오른 초능력자는 차원이 달랐다. 아무리 그들이 초능력자 상대로 싸울 수 있도록 훈련을 받았다지만, 그건 어디까지나 준비된 상황에서 함정을 파고 나서의 이야기였다.

게다가 김수현은 그 경지에 오른 초능력자보다 한 수 위의 인물. 직접 만나보니 그 위압감이 보통이 아니었다.

"아차, 물어보는 걸 잊었군."

"뭘 말입니까?"

"오크들이 왜 여기로 왔는지 물어보는 걸 까먹었어."

"그러면 안에서 무슨 이야기 했습니까?"

"다른 이야기 했다."

"오크들이 여기로 밀려올 정도면 몬스터 아닙니까? 흔한 이야기잖습니까."

카메론에서 부족 혼자서 상대하기 힘들 정도의 강력한 몬스터가 나타나면 그 부족이 떠나야 했다. 흔한 이야기였다. 그렇게 떠돌이 부족이 된 이들은 찾기 쉬웠다.

"그런데 그게 말이지…… 아니다."

수현이 의아해하는 건 그가 이 지역에 대해 이미 알고 있었기 때문이었다. 아네스 지역은 과거로 돌아오기 전 그가 많은 시간을 보냈던 곳인 것이다.

초기에 아네스 지역으로 사람이 많이 모인 이유는 새롭게 길이 열린 지역이라는 점 때문이었다. 다른 곳은 경쟁이 이미 치열해서 새로 들어가기 힘들었던 것이다.

그러나 시간이 지나자 아네스 지역은 다른 이유로 사람이 많이 모이게 됐다.

아네스 지역은 갖고 있는 자원 가치에 비해 몬스터의 숫자가 현저히 적었다. 이종족들의 표현인 '축복받은 땅'이라는 말이 과언이 아니었다.

물론 그로 인해 온갖 놈이 와서 치고받게 되었으니 정말로 축복받았는지는 의문으로 변했지만…….

이종족도 많고, 앞으로 인간도 점점 많아질 테지만 결국이 주변에 몬스터가 적어야 가능한 이야기였다. 오크 부족 하나를 그냥 쫓아낼 정도의 몬스터가 있다고는 생각되지 않았다.

'설마 미래가 또 바뀐 건 아니겠지? 아무리 그래도 지역 하나인데…….'

수현은 그렇게 생각하며 발걸음을 옮겼다.

"김수현을 만났다고?!"

우샹카이는 놀라서 들고 있던 컵을 떨어뜨렸다. 진한 찻물이 바닥에 쏟아졌다.

'그런데 어떻게 살아 있지?'

'속마음 다 보인다, 이 인간아.'

샤오메이는 우샹카이의 생각이 들리는 것 같았다. 수현한테 우샹카이의 진실을 듣고 나자 그가 매우 한심스러워졌다.

그녀와 비교도 되지 않는 대접을 받으면서 한다는 게 스파이 짓이라니.

물론 그렇다고 우샹카이한테 대들 생각은 조금도 없었다. 샤오메이는 매우 공손하게 손을 모으며 말했다.

"네, 저도 놀랐습니다."

"어떻게…… 빠져나왔나?"

"다행히 한국과 적대하는 임무가 아니라서 별다른 의심은 받지 않았습니다."

샤오메이는 무슨 일이 있었는지를 설명했다. 오크들이 일으킨 분쟁 때문에 엘프들의 의뢰를 받고 찾아온 것이었고, 그녀가 목숨을 걸고 협박하자 수현은 의외로 순순하게 물러섰다고.

"????"

그리고 우샹카이는 정말로 이해되지 않는다는 표정을 지었다.

"뭐?"

"오크들이 지낼 비용을 지원받는 대신 더 이상 엘프들의 영역으로 넘어가지 않게 관리하도록 협상을 했습니다만?"

"김수현 만난 거 맞지?"

"네."

우샹카이는 지금 샤오메이가 그를 속이나 싶었다.

'아니, 저게 미치지 않고서야 나를 속일 리는 없을 테고. 김수현이 미쳤나? 저런 협박에 물러나? 대체 뭐지? 가짜 김수현인가? 컨디션이 안 좋았나? 여자한테 약하기라도 했나? 대체 뭐야?'

"그리고…… 중국 쪽 기지에서 우샹카이 님을 찾아 말을 전하라고 했습니다."

"뭐라고?"

"약속 지키지 않으면 스타로 만들어주겠다는데, 이게 무슨 소리입니까?"

"……!"

그제야 상황이 어떻게 돌아간 건지 알 수 있었다. 김수현은 눈치를 챈 것이다. 샤오메이가 이끄는 부대가 일개 용병이 아니라 중국 정부와 관련이 있다는 것을. 어쩌면 우샹카이와 관련이 있다는 걸 알아챘을지도 몰랐다.

'아니, 이 자식은 왜 사방팔방에 내 비밀을 뿌리고 다니는 거야?!'

우샹카이는 샤오메이를 힐끗 쳐다보았다. 그녀는 아주 희미하게 비웃음을 입가에 달고 있었다. 수현이 말한 대로 아주 대놓고는 못 했지만 효과는 충분했다.

'설, 설마?!'

김수현이 그의 비밀을 샤오메이에게 말하고 그녀를 포섭했다면? 그를 감시하기 위해 샤오메이를 포섭하는 건 충분히 가능성이 있었다. 샤오메이는 충성심과는 거리가 먼 인물이었으니까.

갑자기 사방이 적으로 가득 차는 느낌이었다.

"오크들은 어떻게 처리할까요?"

원래라면 적한테 그런 제안을 받았다면 바로 돈만 챙기고 입을 싹 닦았을 테지만, 상대는 수현이었다. 절대 그런 짓을 할 수가 없었다.

애초에 샤오메이한테 저런 호의를 베풀어준 것도 그의 목줄을 확실히 잡고 있어서일 가능성이 컸다. 저 정도 호의는 언제든지 우샹카이를 통해 회수할 수 있다!

'젠장, 악마 같은 놈……!'

"돈 받았다며? 그걸로 알아서 먹이고 입혀. 엘프들 영역에 가지 못하도록 관리 확실하게 하고……."

"예!"

"혹시 너……."

"……?"

"됐다. 나가봐."

먼저 물어볼 수가 없었다. '너 혹시 내 약점을 알고 있냐'라고 묻는 건 스스로 자폭하는 짓이나 다름없었으니까.

"으아아! 김수현! 진뤄궁! 리허쥔! 진짜 이 인간들 안 보고 살 수 있으면 소원이 없겠다!!"

어찌나 크게 외쳤는지 완전히 방음이 된 방 안이었는데도 샤오메이는 우샹카이가 발악하는 걸 들을 수 있었다.

'저 인간 왜 저래?'

"XXX! 이런…… XXX! XXXX까!"

한동안 욕설을 하면서 난리를 피운 우샹카이는 헉헉대며 의자에 주저앉았다. 화풀이를 하고 나니 좀 나아지는 기분이었다.

수현이 저런 식으로 메시지를 보냈다는 건 명백한 경고였다. 더 이상 시간을 끌지 말라는 경고.

"후……."

수현은 경고를 한 다음 계속 연락해서 협박을 하는 타입이 아니었다. 그건 하수나 하는 짓이었다.

그는 한 번 경고를 한 다음 먹히지 않으면 바로 폭탄을 터뜨릴 것이다. 우샹카이는 그걸 실감하고 있었다.

'진뤄궁 이놈은 진짜…… 내가 전생에 무슨 죄를 지어서 대체 이런 놈을 받은 거지?'

리우 신은 철저하게 자기 관리를 해가며 차근차근 업적을 쌓아가고 있는데 그의 밑에 있는 놈은 온갖 패악질을 해대니

복장이 터질 지경이었다.

게다가 상관, 리허쥔은 그에게 경쟁 파벌에 밀리지 않을 실적을 만들어내라고 쪼아대고 있었고…… 거기에 수현까지 목줄을 잡고 조여대니 숨이 막힐 것 같았다.

우샹카이는 고개를 흔들었다. 상황이 아무리 개처럼 꼬였어도 수현이 그의 사정을 살펴주지는 않았다. 일단 해결할 건 먼저 해결해야 했다.

'그러니까…… 진뤄궁부터였지? 빌어먹을. 샤오메이 저년은 어디까지 알고 있는 거지? 설마 김수현이 다 불지는 않았겠지. 포섭을 했으면…….'

이제 그의 부하도 스파이가 아닐까 신경 써야 하는 처지라니.

"진뤄궁, 진뤄궁 어디 있나? 당장 내 방으로 불러오도록."

"진뤄궁 그 새…… 아니, 진뤄궁 님은 바깥으로 나가셨는데요."

"뭐?! 내가 기지 안에서 대기하라고 했잖아!"

'말을 해도 안 듣는 걸 어떻게 합니까?'

진뤄궁 대신 덤터기를 쓰게 된 부하는 속으로 투덜거렸다. 그가 진뤄궁한테 할 수 있는 건 명령을 전달하는 것밖에 없었다.

만약 진뤄궁이 밖으로 나가는데 발목이라도 붙잡았다가는

바로 진뤄궁이 그의 얼굴을 날려 버릴 것이 뻔했다. 그리고 그렇게 해도 진뤄궁이 처벌받지는 않을 것이다. 진뤄궁은 귀한 초능력자 전력이었으니까. 그보다 훨씬 더 가치가 있는 초능력자 전력.

"어디로 갔는데? 당장 불러와!"

"기지 내 초능력자 몇 명하고 같이 나갔습니다만……."

"어디로 갔냐고!"

"찾으러 가겠습니다."

일단 나가는 시늉이라도 해서 화를 피하자. 남자는 그렇게 결정을 내렸다.

"이야기 잘 끝내고 왔습니다. 오크들이 다시 오지는 않을 테지만, 혹시라도 그런 일이 생긴다면 말씀해 주시죠. 다시 처리해 드리겠습니다."

"정, 정말 가서 이야기한 것으로 해결이 됐다고?"

"잘 말하니까 들어주던데?"

옆에서 듣던 에이럼은 수현의 말을 믿을 수가 없었다. 아무리 봐도 저놈은 말로 끝낼 인간이 아니었다.

그러나 제르웬은 감동한 표정이었다. 그녀는 수현한테 고개를 숙이며 말했다.

"저희가 잘못 생각하고 있었군요. 저희 대신 가서 애써주신 것에 감사드립니다. 도움이 필요하거나, 무슨 일이 생긴다면 말해주세요. 가능한 도와드리겠습니다."

"야, 야! 저거 그렇게 믿을 사람이 아닌데⋯⋯!"

"당신은 조용히 하지 못해요? 사람이 도움을 받았으면 감사한 마음을 가져야죠."

괜히 한마디 끼어들었다가 바로 구박을 받고 에이럼은 시무룩해져서 고개를 숙였다.

수현은 그걸 보자 쯧쯧거렸다. 괜히 울컥해진 에이럼은 수현을 노려봤지만, 수현이 그런 것에 신경 쓸 사람이 아니었다.

"그대여, 도와주지 못해서 마음이 편치 못하네. 기껏 도움을 받았는데⋯⋯."

"별로 도움받을 일이 아니었다니까? 동생은 괜찮나?"

출생의 비밀을 듣고 나니 괜히 더 신경이 쓰였다. 수현의 질문에 에이다는 고개를 끄덕였다.

"일단 여기서 한동안 머무르며 훈련을 도와줄 생각이네."

"돌아가서 해도 되지 않나?"

"약도 약이지만 이 애의 상태를 잘 아는 건 역시 백부님이라서⋯⋯ 돌아갔다가 무슨 일이라도 생기면 또 올 수 있는 게 아니잖나. 한동안은 머무르는 게 나을 것 같다."

에이다는 졸고 있는 동생의 머리칼을 쓰다듬었다.

"안 그래도 성장도 더딘 애인데 못난 언니를 둬서 고생만 시키는 것 같아서 마음이 아프네."

"그 정도 해주는 가족도 드무니까 그런 생각은 하지 말라고. 그나저나 에이럼의 말을 들어보니 초능력을 계속 사용하게 해야 한다고 하던데, 에렌딜은 무슨 초능력을 갖고 있지?"

"그게…… 나도 모른다."

"뭐야, 비밀로 할 거면 그냥 비밀로 한다고 말하지그래? 뭘 그런 어설픈 거짓말을……."

"아, 아니네! 내가 왜 거짓말을 하겠나! 정말로 모른단 말일세!"

에이다는 허둥지둥 손을 흔들었다. 그녀는 정말로 당황해서 눈에 눈물까지 글썽였다.

"뭐 해? 잠깐. 너 왜 에이다를 울리고 그래?"

그때 루이릴이 나타났다. 그녀는 양손에 찻잔을 들고 입에는 엘프들이 좋아하는 간식을 물고 있었다. 누가 보면 여기 토박이 엘프라고 생각할 모습이었다.

"나 아무것도 안 했거든? 그나저나 에렌딜 초능력을 몰라? 왜 모르지?"

"아, 그거 이야기하고 있었어? 에렌딜은 초능력자가 맞긴

한데, 무슨 초능력을 쓰는지는 본 적이 없어. 애가 아직 다루는 방법을 깨닫지 못한 게 아닐까?"

"그런데 초능력자인 건 어떻게 알았지? 애가 인간 쪽 도시에서 살았던 것도 아니고 엘프 쪽 마을에서 살았는데…… 엘프들도 테스트하는 기술을 갖고 있나?"

"아티팩트 갖고 써보게 했는데 초능력자 수준으로 잘 사용하더라고."

"루이릴 언니가 어느 날 아티팩트를 갖고 왔었는데, 그걸 에렌딜이 나보다 다 잘 사용했었네."

에이다는 그때를 떠올리며 고개를 끄덕였다.

"음? 그러고 보니 루이릴 언니는 그 아티팩트를 어디서 갖고 온 거지?"

"자, 자! 중요한 건 그게 아니잖아!"

수현은 루이릴을 한심하다는 듯이 쳐다보았다. 루이릴은 아랑곳하지 않고 바로 화제를 돌리려 했다.

"중요한 건 에렌딜의 초능력을 알아내는 거 아니었어? 마침 잘됐네. 여기는 사람 없는 곳도 많고, 게다가 수현은 초능력의 전문가잖아?"

"전문가는 내가 아니라 저기 최지은이라고 따로 있는데……."

"겸손하기는! 시간도 넉넉하니 한번 알아내 보자고!"

에이다는 루이릴의 말에 휩쓸려 고개를 끄덕였다. 이미 루이릴이 갖고 온 아티팩트의 출처는 머릿속에서 사라져 있었다.

"아주 좋은 생각 같네."

"그냥 아티팩트 들려서 훈련시키는 게 낫지 않나? 아티팩트야 차고 넘치는데."

아티팩트가 부족해서 허덕이는 다른 용병들이나 과거의 수현이 들었다면 기가 막혔을 소리였지만, 실제로 지금은 그랬다. 루이릴이 갖고 온 아티팩트도 아티팩트였지만 정부에 말만 하면 아티팩트를 언제든지 지원받을 수 있었다.

그러다 보니 수현의 눈도 자연스럽게 높아졌다. 수현이 원하는 아티팩트는 정부가 국보급 아티팩트로 지정해서 직접 관리할 정도의 아티팩트였다.

저번 하임켄 오크들이 갖고 있던, 일회용 드래곤 브레스가 담겨 있는 정도의 아티팩트.

물론 그런 걸 구하고 싶다고 해서 바로 구해지기를 원한다면 도둑놈 심보였지만…….

"초능력이 있는데 초능력을 모르면 완전 손해 아냐? 알게 해줘야지!"

"그거야 맞는 말이긴 한데……."

수현은 어쩐지 기분이 찜찜했다. 왠지 스스로 무덤을 파고 있는 기분. 왜 이런 기분이 드는지 논리적으로 설명할 수가 없었다.

'애가 워낙 강해서 그런가?'

수현은 이제 초능력자를 보는 것만으로도 그 초능력자의 초능력이 어느 정도인지를 느낄 수 있었다. 몸 주변에서 뿜어지는 기운 같은 것으로 대략적인 판단이 가능한 것이다.

그리고 에렌딜은 초능력을 쓰고 있지 않는데도 무시무시한 수준으로 기운을 뿜어내고 있었다.

만약 통제하지 못한다면 재앙이 펼쳐질지 몰랐다.

'으음…… 미리 훈련을 시켜놓는 게 차라리 낫겠지. 그래.'

"좋아, 한번 해보자고."

수현은 그렇게 결정하고 에렌딜을 데리고 움직일 준비를 했다. 이런 숲에서 능력을 시험하는 건 좋은 선택이 아니었다. 화염 계열 초능력이었다가는 감당하기 힘들어졌다.

"음?"

수현은 연락이 온 걸 발견하고 눈썹을 찌푸렸다. 우샹카이에게 연락할 수 있도록 수단을 만들어주기는 했지만 거의 사용한 적은 없었다. 괜히 꼬리를 잡히면 서로 골치가 아팠기 때문이었다.

'진뤄궁과 함께 만날 약속을 드디어 잡은 건가?'

─정말 미안하다. 정말 최선을 다해서 진뤄궁을 불러내서 만날 수 있게 하려고 했는데…… 진뤄궁 이놈이 정말 통제라

고는 안 되는 놈이라서……

"……핑계에 정말을 몇 개나 쓰는 거야?"

─조금만 시간을 더 주시면 반드시 찾아서 데리고 가겠다!

수현은 무슨 수작을 부리고 있는 게 아니냐고 대답했다. 그러자 바로 반응이 왔다.

─절대 아니다! 내가 미쳤다고 그러겠나!

"알겠으니 일주일 안에 놈을 찾아서 데리고 와. 그 이상은 시간 안 준다."

보아하니 진뤄궁을 다스리는데 꽤나 애를 먹는 모양이었다. 수현은 살짝 양심이 찔리는 걸 느꼈다. 그를 더 통제 불가로 만든 건 수현이었으니까.

'뭐, 나 아니었어도 그놈은 원래 성격이 개차반 같은 놈이었으니까…….'

"나 같은 경우는 정신을 집중해서 안에 있는 감각을 깨운다는 느낌으로……."

"그보다는 안에 흐르는 피를 내보내는 감각이 나을지도 모른다."

"무슨 소리야? 그것보다는 내 방식이 낫겠다!"

"루이릴 언니가 아무리 언니라지만 아닌 건 아닌……."

"둘 다 시끄럽고."

둘이 시끄럽게 떠들자 에렌딜이 귀를 막고 수현에게 붙어 있었다.

"에렌딜, 어렵게 생각할 거 없고, 그냥 편하게 안에 있는 걸 털어놓는 느낌으로 해봐. 안 돼도 상관은 없어. 아티팩트 쓰면 되니까."

그러나 에렌딜은 고개를 저었다.

"쓰고 싶지 않아."

"왜지?"

"그냥……."

"느낌이 그런가?"

에렌딜은 고개를 끄덕였다. 수현은 초능력자의 느낌을 신뢰했다. 에렌딜이 느낌이 좋지 않아서 쓰고 싶지 않다면…… 그건 썼을 경우 별로 좋지 않은 결과가 나올 가능성이 높다는 게 됐다.

'대인 상대 초능력인가?'

사람을 상대로만 초능력이 발휘되는 건 수현의 팀에도 있었다. 저주술사 강인규.

"이런, 용병들 같은데? 어떻게 할까?"

"어디서?"

"저쪽. 지평선에서 움직이는 거 보여?"

"거리 좀 있으니 별 상관없지 않나? 그냥 내버려 둬. 알아서 지나가겠지."

아네스 지역에 찾아온 용병들의 숫자를 합하면 거의 군대나 다름없을 테니 수현은 별로 신경 쓰지 않았다. 옆에서 얼쩡거리는 게 아니라면 지나가는 사람들을 일일이 붙잡을 이유도 없었고.

"또 지나가네? 뭐야. 무슨 일 있나?"

"……?"

루이릴은 기다리는 동안 심심했는지 전자식 쌍안경으로 그 주변을 계속 보고 있었다. 그사이 용병들이 또 나온 것이다.

"또 지나간다고?"

에렌딜을 어르던 수현은 그 말을 듣고 원견을 켰다.

"저건…… 지나가는 게 아니라 도망치는 거잖아!"

"……!"

수현은 행렬을 보자마자 그들이 어디를 향해 움직이는 건지, 아니면 무엇을 피해서 필사적으로 도망치고 있는 건지 알 수 있었다. 수많은 경험을 쌓으며 전장에서 굴렀는데 그걸 모를 리 없었다.

용병들은 오지 탐험용 트럭에 나눠 탄 채 필사적으로 액셀을 밟고 있었다. 표정만 봐도 얼마나 겁을 먹은 건지 알 수 있었다.

'무장도 꽤나 했고, 저 정도면 풋내기는 아닐 테고. 그런데 이렇게 겁을 먹나? 아네스 지역에 그런 몬스터가 없는데?'

수현은 얼마 전 떠돌이 오크들이 떠올랐다. 그때 그들이 왜 여기로 왔는지 물어봤어야 했다. 이렇게 되니 괜히 신경이 쓰였다.

그러나 그들을 쫓고 있는 건 몬스터가 아니었다.

"……총 내놔봐."

수현은 어이없다는 듯이 한숨을 내쉬며 손을 내밀었다. 루이릴은 갖고 다니던 짐에서 바로 케이스를 꺼냈다.

"너무 멀지 않아? 접근하는 게 낫지 않을까?"

"이 정도 거리면 충분하고……. 나 참, 저건 대체 왜 여기서 저러고 있는 거야?"

수현은 엎드려서 조준했다. 용병들을 쫓고 있는 건 몬스터가 아니라 초능력자들이었다. 그리고 가장 앞에 있는 건 수현도 익히 아는 놈이었다.

진뤄궁이 대형 오토바이 위에서 고함을 지르고 있었다.

퍽!

몇 ㎞는 되는 거리였지만 수현은 조금도 흔들리지 않고 명중시켰다.

아무리 카메론용으로 튼튼하게 만들었다고 해도 오토바이는 오토바이였다. 바퀴를 정확하게 맞히자 그대로 뒤집혔다.

"크아아아아아악?!"

재장전. 수현은 당황한 다른 운전자들을 노렸다. 그들은 뭐에 당했는지도 모르는 것 같았다. 순식간에 모든 오토바이가 뒤집어졌다.

평원 위에 한 무리의 초능력자가 부서진 오토바이 잔해 사이에 널브러졌다.

수현은 일어서며 말했다.

"저놈들 잡으러 가자."

54장
지역 분쟁(2)

"좋아!"

"아, 넌 순간이동 해서 지금 도망치고 있는 용병들 좀 불러와."

"……."

손쉬운 일이라고 생각했는데, 자신만 따로 귀찮은 일을 시키자 루이릴이 불만 섞인 시선으로 수현을 쳐다보았다.

"순간이동이 이런 잡일 하라고 있는 능력은 아닌데……."

"그래? 생각해 보니 널 좀 많이 부려먹은 것 같긴 하군."

웬일로 수현이 친절하게 말하자 루이릴이 눈을 동그랗게 떴다. 드디어 수현이 그녀의 고생을 알고서 마음을 고쳐먹은 것인가?

그러나 그 뒤의 대응은 루이릴이 기대했던 것과는 달랐다.

"다음부터는 이소희 대원 데리고 움직일게. 전에야 텔레포터가 너 혼자였으니 어쩔 수 없었다지만 이제는 굳이 네가 혼자 다 할 필요 없지."

"……나쁜 놈."

"뭐?"

"그냥 내가 할게! 하면 되잖아!"

루이릴은 투덜거리면서 순간이동으로 사라져 버렸다. 수현은 어깨를 한 번 으쓱거리고서 중국인들이 쓰러진 현장으로 시선을 돌렸다. 꿈틀거리며 일어나는 폼들이 죽지는 않은 모양이었다.

'하긴, 그걸로 죽을 놈들이라면 저런 짓을 하지도 않겠지.'

무슨 짓을 하고 있었는지는 대충 짐작이 갔다.

"아윽, 대체 무슨 일이…….'

"어떤 개자식이야?"

그들은 정신을 차린 사람부터 한 명씩 일어나고 있었다. 물론 상태가 멀쩡하지는 않았다. 전속력으로 밟고서 움직이던 오토바이가 뒤집혔는데 멀쩡하다면 그들은 인간이 아니라 몬스터였다.

다행히 초능력을 써서 부상을 줄일 수 있었다.

"괜찮냐?"

"괘, 괜찮습니다."

"그래, 그러면 알아서 일어나라."

"……?!"

진뤄궁이 그렇게 말하자 다른 초능력자들은 속으로 그를 욕했다. 진뤄궁은 신분상으로도, 능력 면에서도 그들을 압도했다. 그렇기에 같이 다닐 때 그의 명령을 따랐지만…….

역시 성격은 어디 가지 않았다.

진뤄궁은 태연하게 급속 치료제를 꺼내 팔에 놓았다. 그걸 본 초능력자는 입을 벌렸다. 진뤄궁의 초능력을 봤을 때, 방금 사고로 그는 생채기나 조금 났을 것이다. 그런데 급속 치료제를 사용하다니. 지금 부상을 입고 쓰러져 있는 그들은 보이지도 않는단 말인가?

'아오, 저 시X놈.'

물론 입 밖으로 내지는 않았다. 진뤄궁은 그들이 다쳤다고 해서 그들을 패지 않을 사람이 아니었기 때문이었다. 그는 저항하지 못한다면 오히려 신이 나서 더 날뛸 것이다.

"저, 급속 치료제가 남으면 좀…….."

"야, 야!"

"급속 치료제를 달라고?"

"예!"

"내가 왜 그래야 하지?"

진뤄궁은 진심으로 이해가 가지 않는다는 듯이 물었다.

"그야…… 다쳤으니까요?"

"네가 다쳤으면 네가 알아서 치료해야지. 왜 나한테 달라고 하냐? 혹시 다친 곳이 머리인가?"

말문이 막힌 동료의 옆에서 다른 초능력자가 속삭였다.

"그러게 내가 말렸잖아. 저 새끼는 지밖에 모른다고."

진뤄궁은 하품을 한 번 하더니 주변을 둘러보았다. 이동 수단은 완전히 박살이 나서 고칠 방법이 없어 보였다.

'저격? 어떤 같잖은 놈이…….'

보아하니 총탄으로 인한 저격 같았지만, 그는 신경 쓰지 않았다.

'해볼 테면 해보라지.'

선천적으로 타고난 육체 강화 계열의 초능력. 거기에 추가로 갖고 있는 아티팩트. 좋은 집안에서 태어난 진뤄궁에게 이런 요소들은 그를 더 거만하게 만들었다.

진뤄궁에게 세계는 그를 위해 돌아가는 것이나 다름없었다.

"야, 너. 헤이스트 능력자였지?"

"예…….."

"가서 이동 수단 요청해 갖고 와라. 걷기 싫다."

"저, 이 친구 다리 부러졌습니다만?"

"참고 다녀와."

"……."

그러는 동안 멀리서 사람의 모습이 보였다. 사고로 인한 고통 때문에 저격을 당했다는 것도 잊고 있던 초능력자들은 멀리서 보이는 모습에 퍼뜩 정신을 차렸다.

"누군가 옵니다!"

"올 테면 오라고 해. 잘됐네."

진뤄궁은 목에서 뼈 울리는 소리를 내며 주먹을 부딪쳤다. 어떤 놈인지는 몰라도 지금 다가오는 놈이라면 방금 사고와 무관할 놈일 리 없었다.

"그런 사고가 났는데도 태연하구나. 저 인간, 상당한 수양을 한 것 같다."

"아니, 저건 태연한 게 아니라 터지기 직전인 거야. 저게 좀 또라이거든."

겉으로 보기에 태연한 건 진뤄궁이었고, 오히려 다른 초능력자들이 더 분노한 것 같았다. 그러나 수현은 진상을 알고 있었다.

진뤄궁은 성질이 급했지만, 그게 밖으로는 잘 드러나지는 않았다. 어떨 때는 가만히 있다가 정말 별거 아닌 것에 갑자기 성질이 뻗쳐서 날뛰는 것이다. 괴팍하다는 표현이 정말 어울리는 놈이었다.

지금도 그랬다. 멀쩡해 보였지만, 수상해 보이는 수현 일행이 다가가는 순간 저놈은 바로 미쳐 날뛸 가능성이 컸다.

"또라이?"

"약간 성질이 급하고 위험한 놈이란 뜻이지."

"에렌딜한테 이상한 단어 알려주지 말게."

멀리서 진뤄궁을 육안으로 확인한 수현은 눈썹을 찌푸렸다.

'초능력이 상당히 불안정하군. 힘 자체는 커졌고. 약 때문이겠지?'

김종태가 팔던 마약은 확실히 초능력 자체를 강화시켜 주는 효과가 있었다. 워낙 효과가 불안정하고 부작용이 커서 그렇지.

탁—

걷던 수현은 어느 정도 거리가 되자 멈춰 섰다. 부상을 입고 널브러져 있는 초능력자들도 두 엘프도 수현이 왜 움직이지 않나 싶어 그를 쳐다봤다.

"셋, 둘, 하나……."

"너 이 새끼. 왜 오다가 말아? 어?!"

"그렇지."

수현이 오다가 멈추자 진뤄궁은 짜증이 났는지 얼굴을 일그러뜨리며 고함을 질렀다. 그리고 바닥을 후려쳤다.

'암석 구(球)인가?'

암석으로 창을 만드는 게 아니라 거대한 공을 만드는 초능력. 진뤄궁의 초능력이 아니었으니 아마 아티팩트가 분명했다. 순식간에 거대한 돌덩어리가 생겨났다.

진뤄궁은 그걸 잡고 거세게 던져 버렸다.

에이다가 총을 뽑으려고 손을 뻗었지만, 수현은 한 손으로 그녀를 만류했다. 그리고 손가락을 튕겼다.

콰지직!

거대한 돌덩어리가 그대로 찢겨 나갔다.

"……!"

누워 있던 초능력자들의 눈에 경악이 서렸다. 저 정도 염동력은 본 적이 없었다.

"그게 다인가? 진뤄궁이 대단하다고 하던데 별거 아니었군."

"……!"

진뤄궁의 이마에 솟아오르는 핏줄. 리우 신도, 진뤄궁도 자존심 덩어리였지만 그걸 건드렸을 때 반응은 달랐다. 그를 도발하는 데 이만큼 편리한 수단도 없었다.

"리우 신이 훨씬 낫겠는데?"

"······!!"

두 번째 도발.

진뤄궁의 온몸이 폭발이라도 할 것처럼 떨렸다. 전신의 근육이 수축했다가 시위를 놓은 것처럼 폭발적으로 앞으로 달려 나갔다. 시간 가속이라도 한 것처럼 빠른 속도였다.

그러나 수현은 이미 몇 수 앞을 내다보고 있었다.

속도전으로 가도 시간 가속 덕분에 상성상 유리했고, 애초에 시간 가속을 쓰지 않아도 이렇게 거리를 두고 있는 이상 저런 육체 계열 초능력자는 갖고 놀 수 있었다. 아무리 빨라 봤자 공간을 뛰어넘을 수는 없으니까.

수현에게 진뤄궁은 덫으로 달려오는 파리로 보였다.

'자, 잘 가라.'

강해 봤자 염동력을 뚫을 수는 없었다. 그대로 잡아채서 짓누를 생각이었다.

그러나 그 전에 진뤄궁은 눈, 코, 입, 귀에서 피를 흘리며 나뒹굴었다.

"······?!"

"뭐야?!"

수현만 놀란 게 아니라 다른 초능력자들도 놀랐다. 진뤄궁이 성격은 개 같아도 실력은 확실했다. 그렇지 않다면 아직까지 저 자리를 유지할 수 없었다.

수현은 고개를 돌려 에렌딜을 쳐다보았다. 에렌딜의 눈동자는 붉은빛을 띠고 있었다. 그녀가 진뤄궁을 쳐다보고 있는 것에서 수현은 눈치챘다. 지금 진뤄궁이 왜 쓰러져 있는지를.

"그만. 멈춰!"

눈동자에서 붉은빛이 사라졌다. 수현은 바닥에서 꿈틀거리는 진뤄궁에게 다가가 상태를 확인했다. 안의 혈관이 박살나 있었다.

'대단하군…….'

일단 응급 처치를 하면서 수현은 에렌딜의 초능력이 예상보다 더 강력하다고 생각했다. 초능력은 염동력 계열이었지만 수현처럼 물리력으로 작용하는 게 아닌, 인간의 특정 부분에만 한정해서 작용하는 방식이었다.

'혈관이 박살 난 걸 보면 뇌파인가? 뇌파를 조종해서 혈압을…….'

주변 사람들이 있었을 때 안 쓴 이유가 짐작이 갔다. 저주와 비슷하게 무조건 타격을 입힐 수밖에 없는 능력이었다.

"그런데 왜 지금 쓴 거지?"

"위험해 보여서……."

진뤄궁이 달려드는 모습은 에렌딜에게도 꽤나 위험해 보였던 모양이었다.

"이게? 이건 별거 아니야. 걱정할 필요 없었어."

"에렌딜이 뭘 한 거지?"

"염동력…… 비슷한 건데, 거의 암살 특화형이군. 그나저나 이 자식은 초능력자면서 왜 이렇게 약해? 일어나, 이 자식아."

루이릴의 질문에 대답하고서 수현은 진뤄궁의 뺨을 툭툭 쳤다. 원래 초능력자는 기본적으로 초능력에 대한 저항력이 일반인보다 높았다.

에렌딜이나 강인규처럼 사람에게 직접 거는 방식의 초능력은 저항력의 영향을 많이 받았고, 당연히 진뤄궁 같은 강력한 초능력자한테는 크게 효과를 보기 힘들었다. 게다가 에렌딜은 제대로 연습도 하지 않았는데…….

당황한 초능력자들은 수현이 진뤄궁의 뺨을 갈기는데도 아무 말도 하지 못하다가 정신을 차렸는지 급히 입을 열었다.

"너 뭐 하는 거냐!"

"깨우고 있잖아."

피를 토한 사람의 뺨을 후려갈기는 게 '깨운다'고 할 수 있는지는 의문이었지만, 일단 누군지도 모르는 놈을 그대로 둘 수는 없었다. 초능력자는 냉정하게 경고했다.

"당장 거기서 물러나라. 그렇지 않으면……."

"그렇지 않으면 뭐 어쩌려고? 그 상태로 덤비기라도 할 생각인가?"

다리가 부러진 채로 앉아 있는 초능력자는 말을 하려다가 머뭇거렸다. 생각해 보니 지금 이 상황에서 싸워도 되는지 의문이 들었다.

'이길 수 있…… 나?'

초능력이야 쓸 수 있다지만 적도 꽤나 강력한 초능력자 같았고 그들은 완전한 상태가 아니었다.

게다가 진뤄궁은 그렇게까지 해서 구하고 싶은 놈이 아니었다.

"그렇지 않으면…… 어쩔 수 없지? 나는 할 만큼 했어."

"그래, 넌 할 만큼 했어."

"……."

에이다는 중국 쪽 초능력자들을 어이가 없다는 듯이 쳐다보았다. 동료를 두고 저게 무슨 짓이란 말인가.

"아무래도 저 사람들 조금 이상한 것……."

"그냥 진뤄궁이 워낙 개떡 같은 놈이라서 그래."

둘의 대화를 듣던 초능력자 하나가 입을 열었다.

"넌 누구지?"

"잠깐. 질문은 내가 다 물은 다음 하라고. 여기서 뭘 하고 있었지?"

"뭘 하고 있었냐니, 사고가 나서……."

말을 하다 보니 상황이 떠올랐다. 생각해 보니 잘 나가던 오토바이가 갑자기 뒤집힐 이유가 없지 않은가. 초능력자는 수현을 의심스럽게 쳐다보았다. 이 주변에서 사고가 나고 갑자기 나타나다니.

"왜 그렇게 쳐다보지?"

"혹시 네가……."

"내가 설마 멀리서 대기하고 있다가 너희들의 오토바이를 저격해서 전복시켰냐고? 내가 시간이 썩어나는 사람도 아니고, 내가 왜 그러겠어?"

'이 X새끼가……?'

당당하게 말하는 수현의 태도를 보고서 눈치채지 못한다면 그건 지능이 부족한 것이었다. 자리에 있는 초능력자들은 수현이 범인이라는 걸 깨달았다.

그리고 저렇게 말한다는 건…….

남자는 주변을 둘러보았다. 아군은 없고, 동료들은 대부분 부상당한 상태. 게다가 적은 강력한 초능력자였고, 이런 곳에 혼자 다닐 리는 없으니 어딘가에 동료를 두고 있을지도 몰랐다.

"하하! 그렇긴 하군. 그럴 리가 없지! 내가 뭘 잘못 생각했나 봐."

"다음부터는 운전을 조금 더 조심해서 하라고."

"야, 왜 그러는 거야? 저 새끼가 한 게……."

"닥쳐, 좀."

상대의 도발에 넘어가지 않기 위해 남자는 동료의 입을 닥치게 했다.

"그러면 이제 내 질문에 대답해 주겠나? 왜 여기서 돌아다니고 있었지?"

"그야 우리한테 시비를 건 놈을……."

쿡—

"사소한 문제가 생겨서 그걸 해결하려고 움직이고 있었다."

굳이 처음 보는 놈한테 떳떳하지 못한 일까지 말할 필요는 없었다.

'제법 머리가 돌아가는군. 진뤄궁보다 나을 정도야.'

"사소한 문제? 사소한 문제를 해결하기 위해서 그렇게 미친 듯이 질주를 한 건가?"

"우…… 리는 뭐든 간에 최선을 다하는 습관이 들어 있어서……."

"뭐, 상관없겠지. 사소한 문제인지 아닌지는 직접 대면해서 이야기해 보면 가려질 테고."

"……?"

"저기서 돌아오는군. 왜, 낯이 익나?"

아까 도망치던 용병들의 차량이 저 멀리 지평선에서 돌아오고 있었다. 초능력자들의 표정이 검게 죽었다.

'설마 이 자식…… 연합 쪽 감찰관이었나?'

용병들의 분쟁이나 범죄를 관리하기 위해 게이트 4국 연합에서 조직을 운영하기는 했다. 그들이 맡은 범위에 비해 규모가 너무 작다는 게 문제였을 뿐.

하지만 만나게 될 경우 성가시게 될 건 확실했다.

"괜찮아. 진뤄궁만 일어나면 된다."

무슨 일이 생겨서 체포당하더라도 정부에서 힘을 써주면 됐다. 결국 이 감찰 조직도 4국 연합에서 운영하고 있는 것이었고 각국의 눈치를 볼 수밖에 없었다.

루이릴은 위풍당당하게 트럭의 위에 서 있었다.

한국 쪽 용병들은 영문도 모른 채 떨떠름한 표정으로 루이릴을 쳐다보고 있었다. 뭔가 말하고 싶은 게 많아 보였지만, 차마 말하지 못하는 그런 모습이었다.

"내려와."

"기껏 갔다 왔는데 한다는 소리가 그거야?"

"고생했고, 고마운데…… 저 사람들 표정이 이상한데? 왜 저렇지?"

아무리 봐도 한국 쪽 용병들 표정이 이상했다. 루이릴의 성격상 무슨 소리를 했는지 의심이 갔다.

"아니, 너 같으면 처음 보는 엘프가 따라오라고 하면 따라 오겠어? 안 그래도 누구한테 쫓기고 있는 상황인데?"

"그렇지……?"

"그래서 네 이름을 좀 썼어."

텔레포트로 거리를 좁힌 건 쉬웠지만, 그다음 설득이 어려 웠다. 갑자기 나타난 엘프를 본 용병들은 기겁을 했다. 다크 엘프였다면 바로 총부터 나갔을 것이다.

가뜩이나 겁에 질린 그들이었기에 무슨 말을 해도 믿지 않 으려 했다. 루이릴은 수현의 이름을 써서 그들을 설득해야 했다.

"김수현? 그 마법사?"

"엘프들과 같이 다닌다고 듣기는 했는데…… 저 얼굴 맞 나?"

"난 몰라. 엘프들 얼굴은 의외로 구분하기 힘들다고."

'이것들이?'

루이릴은 수현이 부탁했던 말을 떠올리며 침착함을 잃지 않으려 애썼다.

"가서 확인해 보면 되잖아? 지금 쫓아오는 거 보여? 소리도 안 들리잖아? 기껏 나와서 도와줬는데 너희는 겁을 먹고 그냥 내빼겠다 이거? 너무하지 않아? 다른 건 몰라도 계산적으로 따져도 앞으로 수현 얼굴 안 마주치고 지낼 수는 없을 텐데, 그때 만나도 안 찔리겠어?"

"으윽……."

"애초에 내가 너희를 잡으러 온 거였다면 왜 이렇게 귀찮은 방법을 써? 바로 공격부터 했지."

"우리 전력도 전력이…… 컥!"

"전력?"

"……알겠다. 돌아가면 되지 않나!"

"혹시, 너…… 감찰관인가?"

"음? 뭔 감찰관?"

"……?"

수현의 반응은 생각했던 것과 달랐다. 남자는 당황해서 수현을 쳐다보았다.

감찰관이 아니었나?

"아, 감찰관으로 착각한 건가? 너희들도 참, 사람 보는 눈이 없군. 이 정도 되면 눈치챌 줄 알았는데. 중국 내부에서만 활동해서 그런가?"

"……?"

수현은 스스로를 가리키며 말했다.

"나를 보며 뭔가 떠오르는 게 없나?"

강력한 염동력에 한국인. 거기에 이종족과 같이 다닌다는 점을 합한다면…….

"……기, 김수현?"

"그래, 이제 좀 머리가 돌아가나 보군."

"한국 쪽 마법사가 여기서 뭐 하는 거냐!"

"여기가 언제부터 너희 쪽 영역이었지? 돌아다닐 수도 있지."

"아니, 한국 쪽 마법사가 왜 우리를 공격하냐고!"

"공격이라니. 내가 언제?"

"방금 진뤄궁한테 한 건 뭐냐!"

"진뤄궁이 나한테 바위 던진 건 잊었나? 어디까지나 정당방위였을 뿐."

수현은 마음만 먹는다면 얼마든지 사람을 열 받게 만들 수 있었다. 뻔뻔한 태도에 에이다도 질렸다는 표정을 지었다.

"오토바이를 저격한 건······."

"누가 오토바이를 저격해? 설마 내가 했다고?"

수현의 분위기가 갑자기 서늘해지자 중국 쪽 초능력자들이 상황을 알아차렸다.

"아, 아니. 그건 아니다."

"그러면 내 문제는 끝났으니 이제 사소한 문제가 정말로 사소한 문제였는지 확인해 보자고. 다 왔나?"

"감, 감사합니다."

"뭘 감사할 것까지야. 살다 보면 도와주고 그러는 거지."

차에서 내린 용병들은 정말로 수현이 있자 황송하다는 표정을 지으며 고개를 숙였다.

"그래서, 이놈들하고는 무슨 일이 있었던 거지?"

"저놈들이 갑자기 우리한테 시비를 걸더니, 먼저 도망칠 시간을 줄 테니 잡히면 죽는다고······."

"그런 말 한 적 없다!"

"넌 닥치고 있어."

"시비라니. 정당한 요청이었을······."

"닥치고 있으라는 소리 안 들렸나?"

수현은 손을 뻗어서 입을 놀리는 초능력자를 찍어 눌렀다.

강력한 힘에 그는 저항도 하지 못하고 고개를 땅에 박았다.

"무슨 시비였지?"

"돌아다니면서 자원을 측량하고 있었는데 이 구역은 이미 선점했으니 접근하지 말라고 했습니다."

중국 쪽 초능력자들이 뒤에서 눈을 부라렸지만 그들은 아랑곳하지 않았다. 호랑이가 뒤에 있는데 그 누가 여우를 두려워하겠는가.

"어이가 없었지만 솔직히 보통 전력이 아닌 것 같아서 물러나려고 했는데, 빨리 떠나지 않는다고 뭐라고 하면서 성질을 내더군요."

말을 하다 보니 아까 상황이 다시 떠올랐는지, 용병의 목소리에 분노가 서렸다. 용병일을 하는 이들은 다들 어느 정도 자존심이 있는 성격이었다.

"누가?"

"어……."

질문을 받은 용병은 당황해서 말을 머뭇거렸다. 아까 있었던 놈이 보이지 않았기 때문이었다. 수현은 쓰러져 있는 진뤄궁을 가리키며 물었다.

"이놈인가?"

"네!"

"증거! 증거가 없지 않나!"

수현은 한숨을 쉬며 천천히 걸어갔다. 아무런 살기 없이 걸어오기만 했는데도 수현이 다가오자 중국 측 초능력자는 당황해서 뒤로 물러나려 했다.

"이름이 뭐지?"

"류, 류즈펑……."

"그래, 류즈펑. 미안한데 이건 그냥 형식적인 질문이야. 이 용병들이 '나는 아무것도 당한 게 없고 저 사람들은 친절한 사람들이었어요'라고 했어도 너희를 데리고 갈 생각이 었다고."

"뭐?"

"주변을 봐. 지금 어디 부러지고 기절한 친구들 말고 다른 동료들이 있나?"

물론 없었다.

"그러면 내가 너희를 데리고 간다고 했을 때 너희가 목숨을 걸고 저항하기라도 할 건가?"

물론 아니었다.

"그런데 왜 증거를 따져? 그냥 입 닥치고 조용히 따라와. 두들겨 맞고 따라오기 싫으면. 참고로 나는 너희들한테 별로 원한이 없지만, 지금 옆에 너희한테 원한이 많은 용병이 있거든? 아무리 초능력자라지만 지금 상태에서는 별로 저항도 못 할 것 같은데. 얌전히 가자. 앞으로 한 마디 할 때마다 저 용병들한테 한 대씩 치게 할 테니까."

"……."

그 뒤로 입을 여는 초능력자들은 없었다.

"월척이군, 월척이야."

"무슨 낚시라도 한 것 같다."

"비슷하지."

"어? 숲으로 가는 거 아니었어?"

"이놈들을 숲에 두려고?"

수현은 어이없다는 듯이 루이릴을 쳐다보았다.

"그러면 어디로 가게?"

"한국 쪽 기지에 임시 수감 시설이 있을 거야. 거기에 던져 놓고 반응을 보자고. 중국 쪽에서 정말 신나 하겠는데."

원래라면 초능력자를 가두는 건 만만한 일이 아니었지만, 중국 측에서 개발된 초능력 상쇄 장치가 풀린 이후로 초능력자를 가두는 건 비교적 쉬운 일이 되었다.

"으, 으으……."

진뤄궁이 회복이 되었는지 신음을 냈다. 수현은 에렌딜에게 눈짓했다.

"커헉!"

처음에 했던 것처럼 강력한 일격이 아닌, 제압 수준의 공격이었지만 약해진 진뭐궁은 저항하지 못하고 다시 의식을 잃었다.

루이릴이 그 모습을 뜨악하다는 듯이 보다가 에이다가 듣지 못하게 작게 속삭였다.

"이렇게 훈련시켜도 되는 거야? 애 정서는?"

"애초에 초능력이 이런 형태인 걸 나보고 어쩌라고? 아티팩트 들려주고 훈련시켜도 되긴 하는데 그것보다는 차라리 초능력을 훈련시키는 게 나아. 이런 계열의 초능력은 미리 연습 안 해뒀다가는 나중에 피 본다고. 이렇게 튼튼한 연습 상대가 또 어디 있겠어."

루이릴은 복잡한 시선으로 에렌딜을 쳐다보았다. 이런 걸 시켜도 되는지 의문이 들었던 것이다. 그러나 에렌딜은 별로 충격을 받거나 꺼리는 것 같지 않았다.

"좋아, 다 왔군. 신분 확인하고 올 테니 기다려."

"중국 쪽 초능력자를 잡아오셨다고요?!"

"정확히 말하자면 중국 쪽 범죄자지. 내가 못할 짓 한 것도 아니고, 왜 그렇게 놀라?"

기지 담당자는 수현의 이름을 듣고 바로 달려 나왔다가 수현이 데리고 온 사람들을 보고 울상을 지었다. 물론 수현의 말이 맞았다. 범죄를 저지른 사람을 잡아서 데리고 오는 건 원칙적으로 맞았으니까. 그러나 카메룬은 언제나 원칙이 통하는 곳이 아니었다.

"중국에서 항의가 들어올 텐데요……. 게다가 이 주변은 치안도 완벽한 게 아니라서…… 저희 군은 지금 퍼져 있는 기지 관리하는 것도 인원이 빠듯한 거 아시잖습니까. 무슨 일이라도 벌어지면 어떡하죠?"

"그런 일이 벌어진다면 그 전에 잡아낼 테니 걱정하지 말라고. 게다가 너무 겁먹을 필요 없어. 악명이 높아서 그렇지, 지금 상황은 중국 쪽에서 멋대로 행동할 수 있는 상황이 아니거든."

중국 쪽에서 했던 악명 높은 일들은 이런 식으로 사람을 두렵게 만드는 효과가 있었다. 실제로 과격하게 나올 수 없는 상황인데도 '혹시 그러지 않을까' 하고 겁을 먹게 만드는 효과.

그러나 지금은 그들이 멋대로 행동할 수 없었다. 일단 무언가를 저지른다면 범인이 중국이라는 게 바로 보였다.

게다가 잡힌 게 일반인이 아니라 진뤄궁이라는 게 가장 큰 약점이었다. 그들도 진뤄궁이 사고뭉치라는 걸 잘 알고 있었으니까. 혹시라도 그가 저지른 범죄가 증거라도 있다면 명분적으로 할 말이 없었다.

"섣부른 짓은 하지 못할 테니까 초능력 상쇄 장치 잘 켜놓고 저놈들 감시 제대로 하고…… 아, 외부 접촉은 막으세요. 그렇게만 한다면 알아서 겁을 먹을 겁니다. 뭔가 제대로 사고를 친 증거가 있구나! 하고."

"저……."

"……?"

둘의 대화를 듣던 용병 측 팀장이 입을 열었다. 그는 이 자리에서 딱히 말할 게 있어서 온 게 아니라, 단지 있었던 일에 대한 증인으로 온 것이었다. 게다가 신분도 가장 밑이었으니 조용히 듣고만 있었었다.

"증거는 있습니다만?"

"뭐?"

"이 주변 자료는 뭐든지 다 가치가 있으니 언제나 기록 장치를 켜고 다녔습니다."

"그야 그렇겠지. 그런데 중국 쪽 초능력자들이 그걸 부수지 않았나? 설마 부수지도 않고 그 짓을 했다고?"

스스로 꼼꼼하게 기록을 하는 용병은 드물었고, 보통 차량이나 장비 주변에 장치 몇 개를 단 다음 자동적으로 해결하는 게 대부분이었다.

이건 상식이니 당연히 중국 쪽 초능력자들이 그 짓을 했을 때 그것부터 부수고 시작한 줄 알았는데……

"네, 그런데 저는 좀…… 잔걱정이 많은 성격이라 바깥에 단 장치 말고도 안에 따로 몇 개를 추가해서 더 달아놓고 다닙니다. 밖에 달아놓으면 자주 부서지더라고요."

수현은 용병의 어깨를 짚었다.

"아주 훌륭해."

"뭐 하는 짓이야! 뭐 하는 짓이냐고!"

"너 미쳤냐?"

"뭐 하는…… 짓입니까? 아니, 아무리 그래도 그렇지. 진뤄궁을 잡아가는 건 대체……! 내가 너한테 협력하는 대신 너도 나를 조금 도와준다고 했잖아! 진뤄궁이 아무리 개 같은 놈이라도 놈 같은 초능력자는 없다고! 그놈을 가져가 버리면 우리는 어떡하라는 거야! 리우 신은 지금 신이 나서 펄 펄 날아다니고 있을 텐데!"

"리우 신 성격상 진뤄궁이 잡혔다고 좋아할 놈은 아니고……. 걱정하지 마. 너무 박하게 갈 생각은 없으니까."

"지금 내가 걱정 안 하게 됐냐! 진뤄궁 그놈을 데리고 오는 역할을 내가 맡게 됐는데!"

우샹카이가 난리를 치는 것도 당연했다. 조금 전 그의 상관이 그를 불러서 미친 듯이 그를 갈군 것이다. 대체 진뤄궁 관리를 어떻게 했기에 한국 쪽한테 범죄자로 체포당하냐고.

"당장 책임지고 그놈 데리고 와!"

"바로 공식적으로 항의를……."

"뭐?"

"예? 저희 쪽 초능력자를 체포했으니 일단 항의를 해야 하지 않겠습니까?"

"너, 진뤄궁이 어떤 놈인지 알고서 그런 소리를 하는 거냐?"

'시발. 알면서 나한테 관리 못 했다고 난리 치는 건 누군데?'

"그놈이 설마 아무런 잘못도 안 저질렀는데 그냥 잡혔을 거라고 생각하는 건 아니겠지? 일 키우지 마! 비공식적으로, 조용히 협상해서 데리고 와."

"아니, 그런 놈을 어떻게……."

"못 하겠다 이거냐?"

"최선을 다하겠습니다."

대화가 끝나고 나서 우샹카이는 그의 부하들에게 상관한

테 들었던 갈굼을 두 배 정도로 돌려주었다. 그러고 나서 수현한테 바로 연락을 해온 것이다.

"잘된 거지."

"뭐? 잘됐다고? 이게?!"

"우샹카이, 아무리 급한 상황이라도 머리는 좀 제대로 써라. 지금 진뤄궁을 갖고 있는 게 누구지?"

"그야 네가…… 아!"

순간 답답했던 시야가 풀리는 기분이었다. 우샹카이의 목소리가 급격하게 부드러워졌다.

"그렇지! 네가 데리고 있었지!"

"물론 그냥 풀어줄 생각은 조금도 없다."

'X새끼…… 사방에 적이군. 진짜.'

"뭘 더 어떻게 해줘야 하는데?"

"걱정 마. 진뤄궁하고 대화 조금 하는 것뿐이니까. 그때까지 괜히 항의 같은 거로 분위기 깨지 말고 얌전히 기다리라고."

"대화?"

"그래, 대화. 모두가 행복해지는 대화지. 진뤄궁은 조금 더 성격이 온순해질 것이고, 그러면 너는 조금 더 편해지겠지. 물론 진뤄궁을 여기서 잘 데리고 나갔다는 가산점도 들어가고 말이야."

우샹카이는 수현이 대체 진뤄궁과 무슨 대화를 하려는지

궁금했지만, 더 이상 물을 생각도 들지 않았다. 그는 알겠다고 말하고서 연락을 끊었다.

"나는 정식 재판을 받을 권리가 있고, 그 전까지 정당한 대우를 받을 권리가 있다! 이게 지금 뭐 하는 짓이냐?!"

"흠, 보기 좋군."

묶인 채 으르렁거리는 진뤄궁을 보며 수현은 고개를 끄덕였다. 과거로 돌아오고 나서 그가 어느 정도 위치에 오르고 나자 예전에 강대했던 적들이 시시해 보이게 된 건 사실이었다. 그 스스로도 놀랄 정도로.

그렇지만 원한은 어디 가지 않았다.

"아, 미안해. 그냥 내가 너한테 맺힌 게 조금 있어서. 딱히 감정은 없어. 많이 불편한가?"

"미쳤군. 여기서 나가게 되면 공식적으로 항의하겠다!"

"미친놈 주제에 이상한 곳으로는 머리가 잘 돌아가는군. 내가 그 정도도 계산 안 하고 이런다고 생각하나?"

"……?"

"네가 저지른 사고가 있는데 그런 항의가 의미가 있겠어? 중국 정부가 널 데리고 가려 하는 것만으로도 감사하게 여기라고."

"헛소리. 증거도 없는…….."

"미안한데 증거가 있네요, 이 사람아. 그러니까 이러지."

수현의 태도에는 한 치의 흔들림도 없어 보였다. 이렇게 나오자 천하의 진뤄궁도 조금 흔들렸다.

정말로 증거가 있단 말인가?

"그러니 여기서 나가게 되면 공식적으로 항의를 하든 뭘 하든 마음대로 해. 물론 나가게 되면. 그 전까지는 조금 더 고분고분하게 굴어야겠지."

"큭! 이건 또 뭐냐!"

"아, 별거 아냐. 이건 친절이지."

수현은 작은 장치를 진뤄궁의 팔에서 떼어놓으면서 말했다. 팔에서 따끔한 느낌이 올라오자 진뤄궁은 수현을 노려보았다.

"일단 우리가 데리고 있는 상황인데 건강에 무슨 문제 생기면 안 되잖아? 그래서 검사 좀 해보려고."

처음에는 잠잠하던 진뤄궁의 표정이 갑자기 흐려졌다. 생각해 보니 다른 건 몰라도 정밀하게 검사를 들어갈 경우 그의 비밀이 하나 탄로 날 수 있었다.

"잠깐, 몸 상태는 괜찮다! 그런 검사는…….."

"사실 건강 검사는 핑계고, 너 같은 초능력자 구하기가 쉬운 일이 아니잖나. 이럴 때 필요한 자료는 다 모아놓는 거지."

수현의 말에 진뤄궁은 이를 갈았다. 빈정거리면서 사람의 성질을 긁는 솜씨가 보통이 아니었다. 초능력 상쇄 장치만 아니었다면 당장에 이 보안문을 부수고 놈의 목을 꺾어버릴 텐데…….

"잠깐, 다른 놈들은?"

"뭐?!"

수현은 정말로 놀란 표정으로 진뤄궁을 쳐다보았다.

"설마 동료라고 걱정해 주는 건가? 이거 정말 놀랍군. 혹시 에렌딜한테 맞아서 정신이 좀 돌아온 건가?"

"다른 놈들도 이렇게 당하고 있다면 절대로 그냥 넘어갈 수 없을 거다! 나와 달리 그놈들은 내부적인 평가로도 고평가를 받고 있는 놈들이거든!"

"네 입으로 네가 저평가받고 있다는 말을 하면 좀 슬프지 않냐? 그래서 뭐 어쩌라고. 책잡히기 싫으면 네 친구들한테는 잘해주라고?"

진뤄궁이 말을 꺼낸 건 딱히 동료 의식이 있어서가 아니었다. 그건 그저 인질의 가치를 올리기 위한 발언이었다. 그는 마음대로 다룰 자신이 있더라도 다른 초능력자들까지 마음대로 다룬다면 절대로 그 후폭풍이 만만치 않을 것이라는.

"지금이라도 이걸 풀고……."

"개소리하지 말고."

"읍, 읍읍!"

진뢰궁이 지금 앉아 있는 의자는 예전 초능력자를 구속하기 위해 만든 의자였다. 사지를 구속하고 입과 눈을 막는 형태의 의자. 초능력 상쇄 장치가 나온 이상 이런 걸 쓸 필요는 없어졌지만 수현은 진뢰궁의 기를 꺾는 걸 선호했다.

"그리고 네 친구들은 잘 지내고 있어. 이건 너한테만 이러는 거야."

'어째서냐!'

"이유가 궁금한가? 그야 네가 말했듯이 넌 개 같은 놈이라서 조금 막 굴려도 항의가 안 들어오지만, 다른 놈들은 아니니까. 다 정당한 대우를 해주고 있다고."

'그놈들도 같이 묶어 넣어!'

"그러면 검사 결과가 나오고 나서 다시 보자고."

"하하, 감사합니다."

"저희가 영광이죠. 하하하."

"처음에 김수현 씨를 오해했던 것 같아서 부끄럽기 그지없습니다."

중국 쪽 초능력자들은 순한 양이 되어 수현과 대화를 나누고 있었다. 그들은 딱히 구속되어 있지도 않았고 갇혀 있는 곳도 거의 일상적인 공간과 차이가 없었다. 다만 초능력만 봉인당해 있을 뿐이었다.

진뤄궁과 같이 다녔던 이들답게 그들은 사태 파악을 빨리할 줄 알았다. 수현의 말에 지금 노려지는 게 누구인지 바로 깨달은 것이다.

그렇다면 그들이 괜히 뻗대고 고집을 부릴 이유가 없었다. 그래 봤자 돌아오는 건 불이익밖에 없었으니까.

수현이 내민 싸구려 차를 아주 기분 좋게 마시며, 초능력자들은 순한 표정으로 웃었다. 진뤄궁이 있던 곳과 달리 분위기가 아주 화기애애했다.

"곧 중국 쪽에서 사람이 오면 이야기 나눈 다음 풀려날 겁니다. 무슨 소린지 아셨습니까?"

"모든 건 다……."

"진뤄궁이 시켜서 그런 거죠."

"좋습니다. 뭐 더 필요하신 거라도?"

"결과는 나왔나?"

"아, 여기…… 이런 걸 할 줄은 몰랐는데…….”

“좋아, 이거면 되겠군.”

진뤄궁은 수현이 안대를 벗기자 시퍼런 눈빛으로 그를 노려보았다. 그러나 수현은 조금도 신경 쓰지 않고 들고 온 서류를 훑어보았다.

“담배 피우나? 담배 좀 줄까?”

“나가게 되면 널 죽여 버릴 거다.”

“그것도 나쁘진 않겠지. 네가 그럴 실력이 있다면. 그나저나 중국 쪽에서는 마약에 관대한가?”

세상에는 달라지지 않는 게 몇 가지 있었다. 아무리 능력이 뛰어난 초능력자라도 국내의 여론에는 신경을 써줘야 했다. 수현이 마법사임에도 불구하고 이중영의 수작을 신경 썼던 것처럼.

아무리 뛰어난 권력자라도 대중을 거스르면 살아남을 수 없었다. 그건 시스템이 다른 중국에서도 마찬가지였다. 노골적인 뇌물, 노골적인 성추문…… 모두 다 위험한 약점이었다.

“무슨 소리지?”

“네 피 갖고 돌린 검사에서 마약 성분이 나왔거든. 성격이 좀 또라이인 건 알고 있었지만 마약까지 하고 있는 줄은 몰랐는데.”

진뤄궁은 비웃음을 흘리며 말했다.

"네가 나한테 마약을 먹였겠지."

'이 자식…… 예리한데?'

결과적으로는 맞는 소리긴 했다. 물론 진뤄궁은 전혀 다른 뜻으로 한 소리였지만.

"내가 했다고?"

"내가 여기서 잡혀 있는 동안 투약했겠지."

"머리 좀 쓰는군. 이럴 때 보면 아주 미친놈은 아닌데 말이야. 그런데 진뤄궁, 그건 별 의미가 없어. 일단 정밀 검사로 들어가면 언제부터 했는지 대략적인 시간대도 나오고 말이야……. 네가 하는 마약이 좀 특이한 마약 같아서, 따로 연락도 해봤지. 혹시 이렇게 생긴 놈 아나?"

수현은 김종태의 사진을 그에게 보여주었다.

"그 마약, 이놈한테 소개받지 않았어? 국내에서도 유명한 놈이거든. 그놈과 만났을 때 혹시 공개된 자리에서 만난 적이 한 번이라도 있나? 그렇다면 어떤 억지도 안 통할 거야. 내가 불꽃만 살짝 붙여도 다른 놈들이 기름을 부어줄 테니까."

"다른 놈들이라니…… 무슨?"

"널 싫어하는 놈들. 중국 내에서도 없다고 하지는 못할 텐데. 너 같은 성격이면 적을 더 만들면 만들었지 안 만들지는 않았을 테니까."

진뤄궁은 입을 다물었다. 수현한테 들은 게 너무 정곡을 찌르는 것들이라 어떻게 반응해야 할지 알 수가 없었다.

그는 절대 멍청한 사람이 아니었다. 멋대로 나가는 것도 멋대로 나가도 되니까 멋대로 나가는 것일 뿐, 정말 위험한 상황에서는 수그릴 줄 알았다.

만약 저놈이 말한 대로 된다면…….

'난 끝장이다!'

아무리 집안이 좋아도, 아무리 그의 실력이 뛰어나더라도 오래 버티기는 힘들 것이다. 사고를 좀 친 것과 마약 중독자인 건 그 급이 달랐다. 이제까지 그가 했던 짓까지 전부 묶어서 몰릴 것이다.

"이제 좀 고집을 그만 부리고 마음을 열 생각이 들었나? 사실 밖에 널 데리러 온 중국 쪽 사람들이 있어. 그러고 보니 참 대단하군. 그렇게 사고를 쳤는데 데리러 온다니. 나 같으면 그냥 버리고 새로 구할 텐데. 아무리 초능력자가 귀하다지만 중국 정도면 새로 구할 법도 하지 않나?"

"원하는 게 뭔지나 말해라!"

"공손하게."

"……?"

"더 공손하게 말하라고. 이 약점 잡힌 놈아."

"이 개…….."

"뭐, 아직 분노 조절이 안 되는 모양이군. 그럼 작별인가? 잘 가라고, 마약 중독자."

"원하는 게, 뭔지, 말해, 주십시오!"

"간단해. 친하게 지내는 거지."

"……?"

"내가 원하는 걸 말해주고, 내가 시키는 걸 하고, 이 정도?"

우샹카이가 약점을 잡혔을 때와 비슷하게 진뤄궁도 같은 반응을 보였다. 그는 온갖 욕설을 눌러 참느라 괴로워하는 것 같았다.

"그거면 되…… 나?"

"밖으로 나가면 네 목줄 잡고 있는 놈이 있을 텐데. 그놈 앞에서 허튼소리 하지 마. 네가 여기서 이런 대우를 받았다, 한국 정부에게 불법 감금당했다, 이딴 소리는 먹히지도 않겠지만 애초에 꺼내지도 말라고. 나가서 네가 할 소리는 '제가 또라이라서 사고를 쳤고 깊숙이 반성하고 있습니다. 다시는 그러지 않겠습니다. 한국 여러분 죄송해요'다. 이해했나?"

"그런 짓을 하면 내 평판은……!"

"마약 중독자보단 낫겠지. 할 거야 안 할 거야?"

수현은 언제나 답이 정해져 있는 대화를 좋아했다.

5분 후, 수현은 만족스러운 표정으로 진뤄궁을 데리고 밖으로 나왔다.

'드디어 머리 하나를 완전하게 손에 넣었군.'

예전에, 돌아오기 전 현장에 있었을 때 수현과 팀원들은 중국 쪽 조직을 머리가 여러 개 달린 괴물로 비유했었다.

자르고 잘라내도 계속 어딘가 다른 라인에서 나오는 괴물. 아무리 신경을 써도 워낙 규모가 언젠가 커서 놓칠 수밖에 없었다.

그러나 지금은 우샹카이부터 시작해서 그 밑의 현장까지 하나를 통째로 손아귀에 넣은 것이나 다름없었다.

'괴멸시키는 건…… 비현실적이다. 차라리 손에 넣고 가는 거야. 적대적 공생 관계처럼.'

그게 수현이 내린 결론이었다.

이 정도면 충분히 원할 때 수작을 부릴 수 있었다. 중국 내부에서 무슨 일이 일어나더라도 이 정도로 장악해 둔다면 절대로 그의 눈을 피해갈 수 없었다.

'좋아…… 이제부터 조금 더 본격적으로 가 보자고.'

멀리서 초조하게 기다리고 있는 우샹카이가 보였다. 수현은 피식 웃으면서 손을 흔들었다.

"공식적인 사과 성명?!"

"설마 그것도 안 하고 데리고 갈 생각이었나? 지금 내가 부드럽게 말해주니 만만한 사건으로 착각하고 있는 건 아니겠지? 용병 팀 하나를 그냥 죽이려고 했다고."

"아니, 그건 그렇지만…… 내 상관이 날 잡아먹으려고 들 거라고."

"그건 알아서 잘 포장을 해야지. 어떻게든 안 주려는 걸 사과 성명 발표와 네 교섭으로 온건히 빼 올 수 있었다고. 그 정도면 충분히 넘어갈 수 있을 텐데? 오히려 가산점 아닌가?"

수현의 말에 우샹카이는 생각에 잠겼다. 확실히 그의 말이 완전히 틀린 건 아니었다. 어떤 보상이나 그런 것도 없이 단순히 공식적인 사과로만 데리고 나온다니. 그가 수현과 아는 사이가 아니었다면 이런 것도 불가능했을 것이다.

물론 이 카메론 사회에서는 개망신이기는 했지만, 사람들은 빨리 잊고 흘러가지 않는가. 한 번 망신당하고 가는 게 그렇게 최악인 조건은 아니었다.

"그런데 한 가지 문제가 있어."

"뭐지?"

"난 진뤄궁을 설득 못 해. 그놈이 순순히 말을 들을 놈이 아니라고."

"아, 그건 설득 끝냈어."

"……?!"

"들어와, 진뤄궁. 여기 네 관리자가 왔네. 사과할 거야, 안 할 거야?"

"……하겠다…….”

"좋아. 다시 나가 있어."

진뤄궁이 나가자 우샹카이는 수현의 손을 덥석 잡았다. 수현이 뭐라고 하기도 전에 우샹카이는 진심 어린 목소리로 절절하게 말했다.

"제발 저놈을 다루는 방법을 나한테도 가르쳐 줘. 뭐든지 할 테니까!"

수현은 고개를 절레절레 흔들었다. 우샹카이는 간절한 눈빛을 멈추지 않았다.

"그건 알아서 해야지."

"이 자식……!”

"뭐?"

"아니, 말이 잘못 나와서…… 내가 가끔 이런다고.”

"뭐, 이번 일이 있으니 한동안은 고분고분하게 지낼 거야. 조금 지나면 다시 날뛸 테지만.”

수현의 입장에서는 진뤄궁이 얌전히 지내서 좋을 게 없었다. 그를 저렇게 내버려 두는 것으로 나오는 이익이 있었으니까.

"한동안은? 그게 얼마나 되는데?"

"그야 나도 모르지. 어쨌든 이야기는 다 됐으니 사과 성명 준비시키고 데리고 가. 이 기지 사람들한테 피해는 그만 끼쳐야지."

"반년만 좀 멀쩡했으면 좋겠는데……."

뒤에서 비명이 들렸다. 우샹카이는 화들짝 놀라 급하게 문을 열었다. 진뤄궁이 다른 중국인 초능력자들의 목을 조르려고 덤벼들고 있었다.

"……하게 된 것이 정말로 부끄럽습니다. 제 잘못으로 피해를 입은 용병분들에게 용서를 구합니다."

"좋아. 괜찮군."

수현은 뒤에서 가볍게 박수를 쳤다. 길고 긴 사과문(물론 진뤄궁이 쓴 게 아니라 우샹카이가 대부분을 작성했다)을 낭독한 진뤄궁의 표정은 세상에서 가장 우울한 남자라고 해도 놀랍지 않을 것 같았다.

지구였다면 기자들을 불러 모으고 기자회견을 열어서 공식적인 사과 성명을 발표했겠지만, 카메론에서는 그런 식으로 할 수도 없었고 그럴 필요도 없었다.

'약식으로 만족해야지.'

수현은 진뤄궁의 어깨를 툭툭 쳤다. 이중영이 팀들을 데리고 열심히 일하는 동안 그는 이번 일로 다시 한번 이름을 알릴 것이다.

예나 지금이나 불법적으로 영역에 침입해 오는 외국인들에 대한 적대감은 여전했다. 그게 이목이 집중되는 카메론이라면 더더욱.

수현은 문득 궁금해졌다. 지구에서 그의 이름이 얼마나 먹히고 있을지. 카메론에서는 절대적인 수준이었지만 지구는 별개의 세계였던 것이다.

❦

"미쳤냐?! 이딴 사과 성명을 발표하고 돌아와?! 너 정말 정신 나간 거냐!?"

"어쩔 수 없었습니다! 그 상황에서 그나마 협상한 게 그거였습니다. 체면이야 조금 깎였지만 사람들은 곧 잊어버릴 겁니다. 대신 실질적으로 뺏긴 게 아무것도 없잖습니까. 누구도 수감되지 않았고 어떤 것도 뺏기지 않았는데 이 정도면 최선을 다한 겁니다."

"으음……."

우샹카이가 예상외로 강경하게 나오자 리허쥔은 살짝 당황했다. 확실히 그의 말이 근거가 있기도 했기 때문이었다.

진뤄궁이 사로잡혔던 건 대형으로 이어질 수 있는 사고였고, 이걸 피해를 최소화시켜서 갖고 나온 건 분명히 뛰어난 결과였다.

"그래, 알겠다. 돌아오고 나서 진뤄궁은 어떻게 지내고 있지?"

"반성하고 자숙하고 있습니다!"

"정말로?"

"……예!"

"그놈 관리 제대로 해라. 한 번까지는 봐줘도 두 번째는 못 봐줘. 리우 신 같은 놈을 기대하고 데리고 왔더니 어디서 별 미친놈이 와서……."

"제가 꼭 제대로 관리하겠습니다!"

"알겠으니까 가 봐."

우샹카이는 고개를 푹 숙이고 연락을 끊었다. 이 정도로 일이 마무리되니 수현에 대한 고마움이 깊숙한 곳에서 밀려 나왔다.

'아니, 잠깐만. 이 자식이 안 잡아넣었으면 애초에 이 고생을 하지 않아도 됐잖아?'

병 주고 약 주는 상황에서 감사함을 느낀 우샹카이는 순간 움찔했다. 그가 이렇게까지 노예스럽게 됐다니…….

"연락은 어떻게 됐습니까?"

뒤에서 들린 목소리에 우샹카이는 퍼뜩 뛰었다. 돌아보니 샤오메이가 뒤에 있었다. 수현과의 대화 이후 이 부하도 함부로 대하기가 까다로워졌다.

"잘…… 끝났다. 너는 잘하고 있겠지?"

"예, 시키신 대로 처리하고 보고 올렸습니다."

주어진 좌표를 확인하고 자원을 보고하고 돌아온 샤오메이였다.

'이런 일은 참 잘하는데…….'

우샹카이는 입맛을 다셨다. 마음 같아서는 멱살을 잡고 알고 있는 걸 다 불라고 하고 싶었다.

"알겠다. 가서 쉬도록."

"예."

우샹카이가 뒤돌아서 걸어가자 샤오메이는 한심하다는 듯이 쳐다보았다. 예전에 보여줬던 존중심은 온데간데없었다. 적에게 약점이나 잡히는 상관은 존경을 받을 수 없었다.

"그런데 지금 상황이 이렇게 여유를 부려도 되는 상황입니까?"

"음?"

"중국 놈들은 말할 것도 없고, 러시아, 미국, 다른 나라 놈들도 신이 나서 깃발 꽂기 레이스 하고 있잖습니까. 밖에 잠깐만 나가서 돌아다녀도 5분 안에 용병 팀을 볼 수 있습니다."

"그래서?"

"아니…… 저희도 뭔가 깃발을 꽂거나 해야 하지 않나 해서요."

곽현태는 주저하면서 말을 이었다. 아직 들어온 지 얼마 안 되는 데다가 수현한테 많이 빚지고 들어온 그는 이 안에서 입지가 많이 약했다. 수현이 두 마디만 했는데도 벌써 쪼그라드는 모습이었다.

"한마디로 돈 되는 거 찾아서 돈 벌고 싶다는 거지? 내가 저번에 준 거, 벌써 다 썼나? 그렇게 적은 돈은 아니었는데."

"아직 많이 남긴 했습니다만……."

곽현태는 빠르게 대원들 사이에 녹아들었다. 그들과 많은 대화를 하다 보니 놀라운 사실을 알게 되었다. 그들이 이제까지 번 돈의 액수가 상상을 초월했던 것이다. 팀장도 아닌 일개 대원이! 왜 은퇴를 안 하는지 궁금할 정도였다.

그렇게 되니 그도 의욕이 날 수밖에 없었다.

수현이 아무 생각 없이 그를 데리고 왔을 리는 없을 테니, 그의 장점을 살려서 팍팍 어필을 할 생각이었다. 군내에서 세웠던 탐사 계획이나 정보를 살려서…….

"허락을 해주신다면 대원 몇 명과 같이 가능성 있는 곳에 깃발을 꽂고 오겠습니다."

깃발을 꽂는다는 건 자원 탐사에서 먼저 선점을 하겠다는 은어였다. 수현은 피식 웃었다. 확실히 곽현태는 저런 면에 장점이 있긴 했다.

"벌써 주변을 조사했나?"

"완벽하지는 않지만 찾다 보면 그럴듯한 곳은 있잖습니까?"

"내버려 둬."

"예?"

"내버려 두라고. 다른 놈들이 가져가도 상관없으니까."

"……??"

곽현태는 이해가 가지 않았다. 물론 수현이 다른 지역에서 막대한 부를 쌓아 올렸다지만, 부는 많으면 많을수록 좋은 것 아닌가.

"많이 있어 보이고 풍족해 보이긴 하는데, 다 자잘한 것들이야. 그거 선점해 봤자 품이나 많이 든다."

"아니…… 나가보시지도 않으셨으면서 그걸 어떻게 아십

니까?"

"다 아는 수가 있지."

이 주변을 샅샅이 뒤진 게 수현이었으니 보지 않아도 감이
왔다.

"좀 돈이 되는 건 더 안으로 들어가야 나와. 거기까지 가
려면 계획을 잡고 길게 움직여야 하고. 그런데 우리가 지금
그렇게 급한 상황은 아니잖아? 좀 보고 움직이려고. 괜히 허
술하게 움직일 필요는 없지."

이 주변은 조금만 더 지나면 몬스터 하나 찾기 힘들 정도
로 깔끔하게 소탕이 될 것이다. 그리고 나면 사람들은 더 멀
리 가려고 할 것이고…… 그렇게 되면 길은 자연스럽게 편해
지게 되어 있었다.

"그렇습니까?"

"왜, 못 믿겠어?"

"그건 아닙니다. 사실 저한테 그렇게 돈 주셨는데 팥으로
메주를 쑨다면 쑨다는 거겠죠. 전 불만 없습니다. 다만 궁금
한 게 하나 있습니다만……."

"뭐지?"

"팀장님은 언제까지 현장에서 뛰실 생각이십니까?"

"……?"

"아니, 별다른 뜻이 있는 게 아니라…… 용병들은 대부분

어느 정도 벌고 나면 은퇴를 하잖습니까. 지구로 돌아가든 여기서 거하게 저택을 차리고 놀든. 팀장님도 이미 충분히 그러실 수준 아닌가 싶어서요."

"내가 은퇴를 한다고 하면…… 일단 정부 관계자들부터 달려와서 무릎을 꿇을 것 같은데. 그 사람들, 내가 일 많이 한다고 뭐라고는 하지만 정작 내가 일 그만둔다고 하면 자살하려고 할걸."

카메론은 넓고 아직 알려지지 않은 몬스터는 수두룩했다. 정부가 원하는 건 수현이 몸을 사리고 편안하게 지내다가 정말로 필요한 상황에만 히든카드로 나와 문제를 해결해 주는 것이었다.

트윈헤드 오우거도 그렇고, 지하의 골렘도 그렇고 기존의 병력이나 초능력자들이 불가능하다고 판단한 일을 수현은 해결했다.

정부에서 단칼에 자르고 있었지만 미국이나 러시아 쪽에서 의뢰가 꾸준히 들어왔다. 최고 수준의 지원과 팀을 붙여 줄 테니 이 지역에 있는 몬스터를 처치해 주지 않겠냐고.

"어…… 팀장님 그런 거 신경 쓰셨습니까?"

"사실 그런 거 신경은 안 쓰지."

"그러실 줄 알았습니다."

"은퇴? 몸이 제대로 안 움직이면 고민해 볼지도 모르겠는데. 나 아직 30도 안 됐어."

"곧 되시잖습니까."

"게다가 신체 강화 수술까지 받았으니 백 살까지는 정정할 거 같은데."

"백 살까지 뛸 생각이셨습니까?!"

"아니…… 그건 아닌데."

곽현태는 별다른 생각 없이 그냥 던진 것 같은 질문이었지만, 수현은 갑자기 생각이 많아졌다.

과거로 돌아오기 전에는 은퇴에 대한 생각을 할 겨를도 없었다. 솔직히 은퇴하기 전까지 오래 살 거라는 생각이 들지 않았다. 워낙 위험천만한 삶이었으니까.

그러나 이번에는 수현이 미친 짓만 하지 않는다면 아주 오래 살 것 같았다. z"보통 정말 못 벌어먹은 놈이 아니면 40~50대에서 은퇴를 하지. 초능력자나 강화 수술받은, 대형 용병 회사의 팀장 같은 놈들은 아까 말한 것처럼 백 살까지도 가고."

"후자 같은 경우는 보통 현장에서 잘 안 뛰잖습니까."

"그렇긴 해."

"제가 감히 한 말씀 드리자면……."

"말할 거면 그냥 말해. 괜히 앞에 감히 같은 거 붙이지 말고."

"……팀장님은 계속 현장에서 뛰실 것 같습니다만."

"성격이 그래서. 그리고 현실적으로 나 빠지면 전력이 확 기울잖아."

수현은 다리를 뻗어 탁자 위에 올리고 고개를 뒤로 젖혔다.

확실히 그는 카메론을 좋아했다. 카메론에 무엇이 있는지, 아직 알려지지 않은 게 무엇인지, 밝혀지지 않은 곳에는 뭐가 있는지…….

더 이상 밝혀질 게 없는 지구와는 달리 카메론은 아직도 많은 것이 남아 있는 땅이었다. 그리고 그건 수현이 살아 있는 동안 계속 덤벼들어도 다 밝혀지지 않을 것이다.

그게 궁금해서 그렇게 열심히 일했다. 돌아오고 나서 복수를 하겠다고, 더 이상 당하지 않겠다고 힘을 기르고 강해졌지만 가장 처음의 동기는 호기심이었다.

"제가 괜한 소리를 한 겁니까?"

수현이 대답하지 않자 곽현태는 불안한 목소리로 물었다.

"아니, 아주 좋은 소리를 했어. 보너스를 주지."

"……!"

"그러면 나가봐."

곽현태는 고개를 숙이고 밖으로 나갔다. 혼자 남자 수현은 다시 생각에 잠겼다.

그는 과거와는 비교할 수 없을 정도로 강해졌다. 설령 몬스터를 만난다고 해도 당한다는 이미지가 떠오르지 않을 정도로.

하지만 팀원들은 아니었다.

애초에 그보다 나이가 많은 이들이었으니, 몇 년이 더 지난다면 계속해서 현역으로 뛰기 어려울 수도 있었다. 신체적인 능력이야 전원 강화 수술을 시켜줄 수 있겠지만, 그들의 의사도 있었다.

사실 벌 만큼 벌었는데 누가 계속 위험한 곳에 뛰어들고 싶겠는가?

'그래, 한번 물어보고 갔어야 했는데. 잊고 있었군.'

대원들은 수현을 지나치게 존경하고 빚진 마음을 갖고 있었다. 사실상 아무것도 아닌 이들을 데리고 와서 끌어올려 준 건 그였으니까.

그렇지만 앞으로 계속해서 할 탐험에 의욕이 없는 이들을 데리고 갈 생각은 없었다. 그들은 이제까지 역할을 충분히 해낸 사람들이었다. 빠진다고 해서 뭐라고 할 생각은 없었다.

수현은 마법사였고, 지금 부르기만 한다면 그와 같이 탐사를 가겠다고 목숨을 걸 사람들이 차고 넘쳤다. 새로운 팀과 전력을 구하는 건 일도 아니었다.

'이번 일이 끝나고 나서…… 개별 면담이다.'

언제까지 일할지, 언제 은퇴할지. 수현은 그들의 의견을 존중해 줄 생각이었다.

"갔다 왔어!"

"아, 그래. 고생 많았어. 뭐라고 했지?"

"그게…… 좀 특이한데."

루이릴은 수현의 명령으로 떠돌이 오크 부족들이 있던 곳에 다녀온 참이었다. 계속 신경이 쓰였던 것이다. 그들이 밀려날 정도로 강력한 몬스터가 무엇인지.

"인간들에게…… 쫓겨났다는데?"

"뭐?!"

수현은 정말로 놀랐다. 인간들에게 쫓겨나다니. 길이 열린 지 얼마나 됐다고 그새 달려가서 오크들을 쫓아냈단 말인가?

"어떤 놈들이지?"

"지금 무슨 생각하는지 알 것 같아. 여기로 새로 온 용병들이 쫓아냈다고 생각하고 있는 거지?"

"그게 아니야?"

"아니…… 쫓겨난 지 오 년은 넘었다는데."

"……?"

to be continued

8클래스 마법사의 회귀

인류 최초의 8클래스 마법사 이안 페이지.
배신 끝에 30년 전으로 돌아오다.

설령 세상이 무너지는 한이 있더라도.
상상을 초월한 적이 눈앞에 나타나더라도.
지키고픈 이들을 반드시 지켜낼 수 있는 힘.

'그 힘이 적당할 필요는 없어.'

소중한 이들을 지키기 위한,
8클래스 이안 페이지의 일대기!